物语系列

伪语 上

〔日〕西尾维新 著

张钧尧 译

人民文学出版社
PEOPLE'S LITERATURE PUBLISHING HOUSE

著作权合同登记　图字 01-2021-1523

图书在版编目(CIP)数据

伪物语. 上 / (日) 西尾维新著；张钧尧译. —北京：人民文学出版社，2021(2025.1 重印)
(物语系列)
ISBN 978-7-02-016961-0

Ⅰ. ①伪…　Ⅱ. ①西…　②张…　Ⅲ. ①长篇小说-日本-现代　Ⅳ. ①I313.45

中国版本图书馆 CIP 数据核字(2021)第 009754 号

责任编辑　**卜艳冰　张玉贞**
装帧设计　**汪佳诗**

出版发行　**人民文学出版社**
地　　址　**北京市朝内大街 166 号**
邮政编码　**100705**

印　　制　**上海盛通时代印刷有限公司**
经　　销　**全国新华书店等**

开　　本　**890 毫米×1240 毫米　1/32**
印　　张　**8.5**
字　　数　**221 千字**
版　　次　**2021 年 6 月北京第 1 版**
印　　次　**2025 年 1 月第 3 次印刷**

书　　号　**978-7-02-016961-0**
定　　价　**49.00 元**

如有印装质量问题，请与本社图书销售中心调换。电话：010 - 65233595

目录

第六篇 火怜·蜂

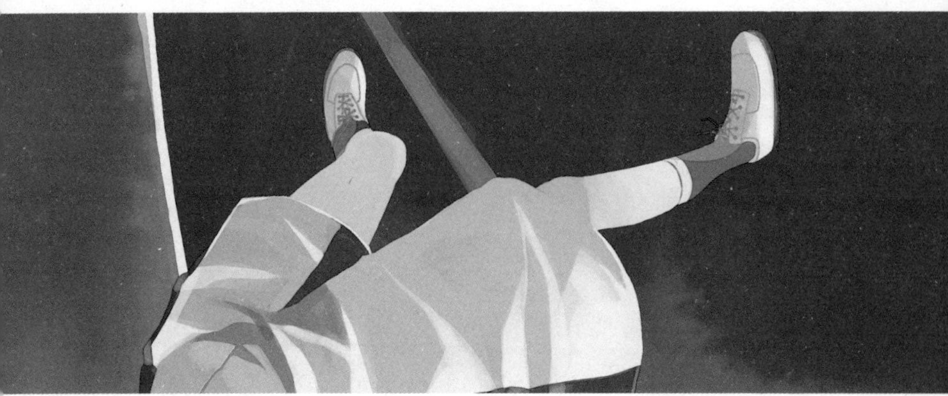

BOOK&BOX DESIGN
VEIA

FONT DIRECTION
SHINICHI KONNO
(TOPPAN PRINTING CO., LTD)

ILLUSTRATION
VOFAN

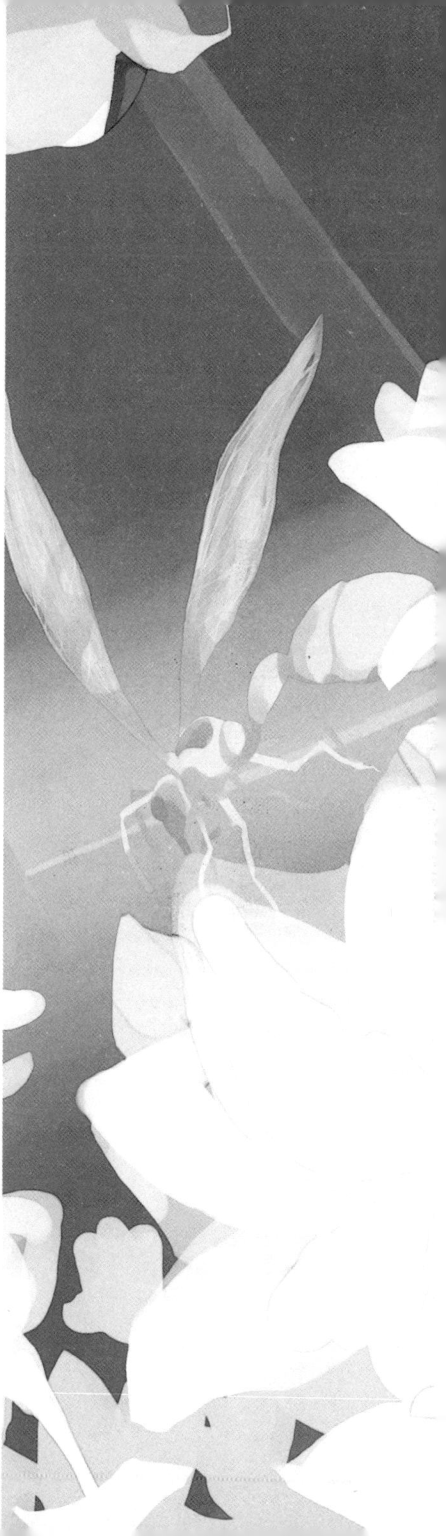

第六篇 火怜·蜂

愛
正義
友情
PEACE
仁
信

ARARAGI KAREN

第六篇

火怜·蜂

001

阿良良木火怜与阿良良木月火。我认为这个世上，并不会有人想知道我这两个妹妹的事情，不过假设真的有这种特殊需求，我也绝对不会想积极聊她们两人的事情。只要我说出理由，相信所有人都能够认同吧。大致来说，人们大多倾向于避免对外提及自己的家务事，我当然也不例外。然而即使除去这种固有概念，她们两人——火怜与月火也很特别。如果她们不是我的妹妹，我肯定一辈子不会和她们有所牵扯，即使真的有所牵扯，我也会百分百无视她们这种人。这几个月来的特殊体验，令我的人际关系在诡异的方向有所斩获——比方说战场原黑仪，比方说八九寺真宵，比方说神原骏河，比方说千石抚子——若是我的能耐勉强足以和这些狠角色斗个平分秋色，这种能耐无疑是我和那两个妹妹住在同一个屋檐下培养而来的。

虽然这么说，但是我之所以会这么想，大概是基于我自卑、羡慕与乖僻的心理，我必须讲明这一点才公平。和我这种过着怠惰的高中生活，并且到最后被归类为吊车尾的家伙不同，火怜与月火非常成材——不对，我直到高中也在众人眼中是个成材的家伙，所以我没必要在还是初中生的她们面前感到自卑，然而即使如此，现在的我也不得不认同她们的优秀表现。在家族聚会的场合，我肯定会听到“她们应该是历引以为傲的妹妹吧”这种话。顺带一提，我没听亲戚对妹妹说过“历是你们引以为傲的哥哥吧”这种话——哎，不过这是因为我这个哥哥太不长进，所以也无可奈何。

但是我想大声疾呼。

她们虽然成绩优异，却是问题学生；她们享有声望的同时，人格却存在着缺陷。

身为哥哥的我已经是老毛病了，总是不小心把她们两人放在一起说，但她们当然拥有自己的个性，所以接下来就依照年纪顺序说明吧。

大妹，阿良良木火怜。

初中三年级生，六月底过完生日之后已满十五岁——和我的年龄差距暂时从四岁缩短为三岁。她的发型从小学起就几乎都是马尾辫。老实说，记得是她刚升上初中的时候吧，她曾经染过一次头发——该形容成很像动画角色的颜色吗？总之就是染成亮丽到刺眼的粉红色。虽然至今还是搞不懂她当时的心态，但她理所当然地被母亲赏了耳光（我要为了母亲的名誉事先声明，到目前为止，这是我慈祥的母亲第一次也是最后一次打女儿），她的头发当天晚上就恢复成了黑色（而且是用墨汁染的）。火怜的头发变成刺眼粉红色的时间，实际上只有她在卧室染发完成到母亲回家的这几个小时，所以很遗憾，留在学校的我（当时的我念高一，处于可能会被归类为吊车尾学生的紧要关头，却还是想要力争上游）没能亲眼目睹她的发型。虽然觉得可惜，但如果我比母亲先看到这种发型，朝火怜脸上打下去的人应该就是我了，所以这种事情很难下定论。不过在这种连染成褐发的人都几乎不存在、光是把制服外套扣子打开就会被当成不良少年的偏僻乡间小镇，火怜却想以这种惊世之举迎接初中生活，关于她的个性，相信也不用多做介绍了。

关于外形，大致来说并不可爱。

应该形容为帅气。

要是讲得太清楚，我用来当作基准的自己的身高就会暴露，所以只能以模糊的方式来说明，火怜的身高比我高了一点。这里的“一点”有多高，就任凭各位自由想象了。相较于在初二就停止长高的我，火怜从初二开始不断长高，这对于彼此来说都形成难以磨灭的芥蒂，老实说尴尬得无以复加。我必须抬头看妹妹，世上有更胜于此的屈辱吗？而且火怜习武，她的姿势非常标准，所以看起来会比实际高出五厘米。包含这个原因在内，她绝对不会穿裙子，说什么“看起来腿会太长”，平常总是穿着松垮的运动服上学。不过运动服穿在她身上也特别英挺帅气。

顺带一提，她所学习的武术是空手道。她从小就是一个运动细胞发达又活泼的家伙，但她的才华似乎最适合用在战斗方面，没多久就取得了黑带资格。我家客厅就挂着火怜身穿黑带道服摆出胜利手势的照片，这张照片实在太有阳刚味，简直看不出来她是女孩子。虽然还没到巾帼不让须眉的程度，但是她眼角上扬颇具攻击性的双眼，也将她衬托得更加中性。如果以我的朋友举例，神原或许是最相近的类型，要是把神原骏河对我的敬意抹掉，她或许就会成为火怜——慢着，这种举例实在令我头皮发麻。

然后是小妹。

阿良良木月火。

就读初中二年级，生日在四月初，换句话说现年十四岁——和姐姐火怜不同，她的发型会因为心情和时期频繁改变，同样发型不会维持三个月，反而无法令人确认她对发型是否有某些执着。直到前一阵子都是留长的直发，如今却是有层次的波波头。由于我没兴趣所以没有详细问过，但她似乎是某间发廊的常客。虽然不由得认为她怎么还是个初中生就嚣张到上发廊，但在这个时代或许就是这样吧。不过以月火的状况，她的问题并非外在，反而是内在。该怎么说呢，火怜表里如一，月火却是外在背叛了内在——并不是内在背叛外在，这是重点。看似内向的下垂眼角与姐姐恰好相反，娇小的身躯与姐姐恰好相反，颇具特色的温吞语气怎么看都很有女人味，但她的内在个性比火怜更具攻击性，而且易怒。火怜闹出暴力事件之后，仔细调查才发现事件的起因在于月火，这样的例子可不是只有一两次。她易怒的等级已经能用歇斯底里来形容了，这种内在与她温和外表的差异，总是令周围的人不知如何是好——如果要说唯一的救赎，就是她自始至终永远只会为了他人而生气。

说一段往事吧。这是月火小学二年级的事情。某天的下课时间，在操场踢足球的高年级学长，把球踢到她们班负责照料的向日葵花园，负责浇水的同班同学向前来捡球的学长说了几句，却遭到学长恶言相向，不禁哭了起来——这种事情在小学并不少见，但是月火听到这件事就迅速展开行动，转眼之间查出那个学长在哪一班，并且进攻那间教室（顺带一提，火怜也有同行），后来命名为“池田屋事件”的这场骚动（这个名称没有特别的含义，只是因为当时世间流行新撰组），直到一名高年级学生住院，该教室所有器材损毁才平息，而且送到病房探望的花居然是向日葵，手法非常周到。

应该说太过火了。

据说被骂哭的那名同学，后来被吓得不敢哭了。这就是当时发生的恐怖往事。

她很喜欢和服，甚至把日式浴衣当成睡衣，她只是因为“想穿和服”这个理由，在初中加入了茶道社。原本应该会因此学习到茶道精神，但是不管怎么看，她的个性都没有修正的倾向。哎，光是看到吃西瓜时洒糖就会暴怒，这种性急又古怪的宗师发扬光大的茶道，或许反而会强化她歇斯底里的性格吧。①

就像这样，光是一个就棘手得让人应付不来的妹妹，我家居然有两个，所以不只棘手，简直到了棘脚棘背的程度。想到她们将来在社会闯下大祸时，我这种个性平凡至极的哥哥要如何反应，真是让我头疼得不行。这两个妹妹就各方面而言搭配得天衣无缝，这或许才是最麻烦的地方。

随时想闹事的大妹，随处找得到闹事借口的小妹——使得她们被称为“梅之木二中的火炎姐妹”。

之前听千石说过，在初中女生之间，妹妹们似乎颇有名气——简称“梅之木二中”的梅之木第二中学是私立学校，就连在附近的公立初中（我的母校）上学的千石，也会听到她们的传闻，这证明事情绝对不简单。

虽然没有向本人确认所以可信度不高，但火怜似乎在开学第一天，就和统治这座城镇所有初中的老大单挑并且获胜，后来就在初中生之间小有名气——不，这绝对是假的。短短几行文字就出现“老大、单挑”这种在二十一世纪不可能出现的字词，所以绝对是谣言。虽然绝对是谣言，但是连这种谣言都令人信以为真，证明火怜与月火应该很有名。

梅之木二中的火炎姐妹。

阿良良木火怜在火炎姐妹中担任实战，阿良良木月火在火炎姐妹中担任参谋，两人就像这样，不知道该说是在拯救世人还是矫正世间，在日常生活中反复玩着这种正义使者的游戏。如果对她们讲出这种话，当然会由火怜先说：“哥哥，这不是游戏。”

接着月火会说：“哥哥，我们不是正义使者，我们就是正义。”

她们肯定会有这种反应。

我大致能理解她们想表达的意思。

① 日本茶道大师千利休的轶事之一。

但身为哥哥的我可以断言，她们的所作所为不是那种善行，只是在宣泄体内充沛过度的活力。老是做这种事，总有一天会尝到苦头——我至今总是对她们如此耳提面命，但反而是我在这几个月连续尝到苦头，所以我实在是没什么立场。因为没有立场，所以说什么大概都没有说服力——哎，不过也正因如此，我可以抱着不会有人当真的轻松心情大声疾呼。

她们这对火炎姐妹的行为，果然只是正义使者的游戏。

我引以为傲的妹妹们。

你们是无可救药的虚伪之物——伪物。

002

对于这种毫无脉络可循的演变，我个人深感抱歉。但是现在的我，似乎被绑架监禁了。

这是进入暑假之后十天左右，七月二十九日发生的事情——不，感觉我似乎昏迷很久，或许已经三十日了，也可能已经过了三十一日，甚至已经进入了八月。用我右手的手表就能确认现在的日期与时间，但我双手往后绕过铁柱被捆绑，所以没办法看手表，同样也无法取出口袋里的手机。不过即使如此，我并不是无法推测时间——窗外黑漆漆的，所以至少能判断现在肯定是夜晚。只不过虽然名为窗户，却只有窗框没有玻璃，即使现在是盛夏时分，这个地方也有点过于开放了。我的脚没有被固定，所以努力一点就可以站起来，但是做这种事情似乎没什么意义，所以我就这么坐在地上，反而还伸直双腿。

原来忍野和忍——住在这种地方。

我悠闲地思考着这种事。

是的，监禁我的这个地方，是我早已熟悉的补习班废墟，那栋共有四层、垃圾和瓦砾散落得恰到好处、摇摇欲坠的建筑物。如果是不熟悉这里的人，每层楼的每间教室看起来基本都一样，但是熟悉到我这种程度就不一样了，可以看出囚禁自己的教室是在四楼，从阶梯看过来三间教室最左边的那一间。

不过就算看得出来也无济于事。

当然，如今忍野别说住在这栋废墟，他甚至已经不在这座城镇，至于忍也一样，她的住处已经从这栋废墟移到我的影子里。或许她现在会有种怀念的感觉吧，不过也很难说，或许她对此漠不关心，我并不知道活了五百年的吸血鬼会有什么想法。

那么，现在是什么状况？

我忍受着后脑勺传来的阵阵疼痛（看来对方绑架我的时候，就是殴打那个部位），以不合时宜的悠闲心情思考。奇怪的是，人类在这种时候反而不会慌张，何况慌张也无济于事，还不如努力试着把握现状。

原本一直以为是被绳子之类的东西捆绑，然而固定我双手的似乎是金属手铐。如果只是玩具手铐，我只要用力就能扯断——虽然我如此心想，但是手铐丝毫不为所动，在扯断手铐之前，我的手腕可能会先断掉。虽然手铐没有真伪之分，不过真要说的话，这副手铐无疑是真物。

“即使如此——只要使用吸血鬼的力量，应该就能轻松挣脱这种玩意吧。”

别说手铐，大概连铁柱都能破坏。不，即使扯断手腕，凭我所拥有的治疗能力，也能在转眼之间完全修复，以结果来说还是一样的。

“吸血鬼吗——”

我再度环视废墟里的这间教室——即使不是伸手，伸脚可及的范围也是什么都没有。

看着无论再怎么漆黑也能留下轮廓的，自己的影子。

这是春假发生的事情。

我遭到吸血鬼的袭击。

拥有金色长发的美丽吸血鬼——吸尽了我的血。

吸得干干净净。

吸到再也吸不出来。

一滴不剩——彻底吸尽。

然后，我成为了吸血鬼。

这栋补习班废墟，是我从人类化为吸血鬼的春假期间，为了避人耳目而当成落脚处的地方。

成为吸血鬼的人，会被吸血鬼猎人或是宗教的特种部队，或者是身为吸血鬼却在狩猎吸血鬼的“同类杀手”拯救，而我的情况是，被一名路过的大叔——忍野咩咩拯救了。

不过忍野一直到最后，都不喜欢“拯救”这种强行卖人情的说法。

就这样，我恢复成人类，金发的美丽吸血鬼则被剥夺了力量，甚至连名字也被夺去（并且用忍野忍取代被夺走的名字），最后封进我的影子之中。

这就是所谓的自作自受吧。

不只是忍，也包括我。

只是如此而已。

但我不想做出之前的那种事了——正因如此，才会存在现在的我和现在的忍。

我无从知道忍对这件事的想法，但即使这是错误的做法，我也认为这是唯一的选择。

总之，就是这么回事。

就我个人来说，在这栋补习班废墟里也留下了许多回忆。虽然有许多回忆，但其实都是失败的回忆，这方面就暂且不提了。

问题在于，即使我曾经拥有吸血鬼的力量，如今也已经是往事了，这种吸血鬼属性只像残渣所剩无几，要扯断金属手铐是梦想中的梦想。如果我是鲁邦三世，我就可以调整手腕关节，把手铐当成手套脱掉，不过我不是鲁邦三世，只是平凡的高三学生，这样的我当然做不出这种利落的手法。

这么说来……

这么说来，月火不久之前曾经被绑架——说绑架有点夸张，但至少不是能用来说笑的话题。某个以战斗力来说敌不过火怜的敌对组织，绞尽脑汁思考出来的对策，是绑架月火作为人质。不要把这种少年周刊漫画的剧情搬到现实世界！虽然我在担心之前难免要这样想，但月火也不是等闲之辈，只是表面上看起来遭到绑架，实际上却是采取怀柔策略，让敌对组织从内部自行瓦解。

恐怖的火炎姐妹。

顺带一提，关于这段经历……

“请哥哥不要告诉爸妈！”

两姐妹曾经一起对我磕头恳求。

不用刻意这样恳求，我也不想对父母报告这种荒唐事，不过火怜愿意陪月火一起磕头，我觉得这是她的优点，也是她的缺点。

话说，像你们这种花样年华的女生，不应该随随便便向别人下跪磕头。

你们就是这样才被当成稚气未脱的小孩。

“不过以我的状况，应该不会只有磕头那么简单吧……那两个家伙，会把自己的事情放在一旁径自掉眼泪。那么，现在是什么状况？”

虽然这么说，但我心里其实已经有个底了——应该说我大致想象得到，自己为什么会陷入这样的状态了。

应该说，就算不愿意也会理解。

应该说，无从抗拒。

应该说，只能举白旗投降。

就在这个时候。

宛如在配合我清醒的这一刻，废墟里响起一个上楼的脚步声。某种光芒钻入教室门缝——这栋建筑物完全断电，所以应该是手电筒的光。而且这道光线笔直朝着监禁我的教室接近。

门打开了。

耀眼的光线令我瞬间目眩——但我很快就适应了。

站在那里的，是一个我熟悉的女孩。

“哎呀，阿良良木，醒了吗？”

战场原黑仪一如往常地用没有笑意的冷酷语气说着，面无表情，并且用手电筒照我。

“太好了——还以为你会死掉，我担心死了。”

“……”我无言以对。

虽然有很多事情想说，但是全都无法化为言语让我表达。即使我脸上露出类似苦笑的表情，战场原也视若无睹，关门之后大步朝我走来。

她的脚步毫无迷惘。

对于自己的行动没有抱持任何疑问，就是这样的态度。

“不要紧吗？后脑勺会痛吗？”

战场原把手电筒放在身旁如此询问——这样的关心本身令我很开心。

然而……

“战场原。”我继续说道，“打开手铐。”

“不要。”

她立即回答。思考时间完全是零。

在怒骂之前，我刻意暂时停顿，呼吸补充氧气。

然后怒骂。

“犯人果然是你吗？！”

“原来如此，这种指控颇为一针见血，不过前提是要有证据。”

战场原说出这种像是推理小说解谜篇的台词。

在出现这句台词的时间点，就可以确定犯人是谁了。

“监禁地点选在这栋补习班废墟的时候，我的直觉就这样告诉我了！而且就我所知，会准备这种牢固手铐的人只有你！”

“不愧是阿良良木，这番话很耐人寻味，请给我一点时间做笔记，我会在写下一部作品的时候当参考。”

“犯人是推理作家的这种情境一点都不重要！快给我解开这副手铐！”

“不要。”

战场原重复相同的回答。

在手电筒打光之下，她一如往常面无表情的那张脸显得更有魄力。

好可怕。

她维持着这样的表情，又说了一次“不要”。

“而且也办不到。因为我把钥匙扔了。”

“真的？”

“钥匙孔也灌满泥土，免得有人试图开锁。”

“为什么要做这种事？”

“解毒剂也扔了。”

“我甚至还被下毒？”

真可怕。

战场原至此终于轻声一笑。

“解毒剂是骗你的。”她这么说。

这句话令我松了口气，但反过来说，她扔掉钥匙封住钥匙孔的事情似乎是真的，这令我倍感失落。那这副手铐要怎么拆啊……

“没办法了，至少解毒剂是骗我的，这方面就不过问了……”

“嗯，放心，我没扔掉钥匙。”

“那到底有没有下毒？！”

虽然想探出上半身吐槽，但手铐卡在铁柱上，使得我无法随心所欲动作。虽然只是小事，不过对我这样的人来说，会造成很大的压力。

“下毒也是骗你的。”战场原继续说道，“不过，如果阿良良木太不听话，或许会成真。”

好可怕。

“轻如蝶舞，疾如蝶刺。”

“蝴蝶哪会刺人！”

“我说错了。太好了，你成功指出我的错误，可以一辈子引以为傲吧？”

“这种认错方式太新奇了吧！”

“正确的说法是蜂。”

“蜂毒——毒性很强吧……”

我咽下一口口水，重新看向眼前的女孩——战场原黑仪。

战场原黑仪。我的同班同学。五官端正，看起来似乎很聪明，实际上也很聪明，学年成绩总是名列前茅，难以亲近的美丽女孩，以冰山美人而闻名。此外，这是只有少数人知道的内部消息——实际上曾经接近过她的人，毫无例外都没有好下场。

美丽的玫瑰总是带刺。但她可不能以如此抽象的方式形容——战场原本身就是美丽的刺。

说到外在与内在的差异，我妹妹阿良良木月火也和她不分高下，但是战场原绝非歇斯底里，而是在冷酷之中维持着攻击性。月火很容易火上心头，但战场原总是维持着低温的应战状态，简单来说就像是写入程序的防盗机器，会朝着接近到一定距离以内的所有人发动攻击。

比方说，我的口腔内侧曾经被打入订书针。虽然一个错误就会演变成重大事件，到最后却是和平落幕，简直是令人感到不可思议，本质上必属错误的重大事件。

大概在五月左右，令她变成如此的理由，已经在某个妥协点得以解决——不过很遗憾，要删除写入她体内的程序颇有难度，就这样延续到现在。

“就算这样，明明最近挺安分的——为什么忽然把你的男朋友关在这里？我可没听说过这种家暴手法。”

顺带一提，战场原正在和我交往。

我们是一对恋人。

以订书机结下良缘，这种说法或许挺巧妙的——不，也没有很巧妙，何况订书机不是用来结的，是用来订的。

“放心。”

战场原如此说着。

就答案来看，她完全没把我的话听进去。

“放心，我会保护阿良良木。”

“……”

好可怕。

“你不会死，因为我会保护你。”

“不，你用不着像是在刚才那一瞬间想到一样，讲出这种像是《新世纪福音战士》里的台词——那个……原小姐？”

原小姐。

这是我最近想到的，对战场原的称呼方式。

尚未定案。

比较像是我自己正在努力推广中。

“我饿了……而且也渴了。总之愿意赏光，一起到附近吃个饭吗？”

我的语气不禁变得恭维，这是无可奈何的——总之以现状来说，战场原稳操我的生杀大权，如果一个不小心刺激到她，我真的会被她狂刺。平常的话就算了，但是这时候的战场原不可能没带武器，虽然我不知道她会把哪些文具带在身上……

"呵。"

战场原笑了。

感觉不太妙。这肯定是所谓的嗤笑。

"饿了，渴了……简直像是动物，平常就只是吃饱睡睡饱吃，真令人受不了，就不能生活得有点贡献吗？啊啊，对不起，'生活'这种字眼用在阿良良木身上，是对你要求过高了。"

"……"

我说了什么必须被她数落到这种程度的话吗？

应该没有吧？

"不过对阿良良木来说，你死掉能造福世间的程度，应该没有人能出其右吧。俗话说虎死留皮，基于这个意义，阿良良木就像老虎一样。"

"这也不是在夸奖我吧？"

我终究只被当成动物看待。

她以为我听不出来？

不过，从这种谩骂的程度来看，战场原似乎没有生气或心情不好之类的。即使世界很大，对于总是出口伤人的战场原，能推测她内心想法的人大概只有我，顶多再加上神原，然后就是战场原的父亲了。毕竟在旁人眼中，她是一个心情永远好不起来的家伙。

"不过算了，我就特别开恩原谅你。就知道愚蠢如蝼蚁的阿良良木会这么说，所以我已经预先帮你买了一些东西了。"

战场原对愚蠢如蝼蚁的我说完之后，自豪地举起没拿手电筒的另一只手提来的便利商店塑料袋。

袋子是半透明的，所以隐约看得见里头的东西。

有塑料瓶饮料和饭团，等等。

原来如此，这是囚禁用的粮食。

这个意外贴心的家伙……不，仔细想想，这种贴心挺讨厌的。

"啊，这样啊——那么，总之给我水分吧，水分。"

虽然是希望松绑而提出的进食需求，但我确实已经又饿又渴了。吸血鬼现象的后遗症，使得我颇能忍受不吃不喝的状况，不过这也有极限。水分对人类而言非常重要。

战场原从便利商店塑料袋中取出塑料瓶——是矿泉水——打开瓶盖。既然我被绑着，当然必须由战场原拿给我喝，但战场原让塑料瓶瓶口接近到几乎碰到我嘴唇的位置，然后一下子收了回去。

这家伙……到底还有几种捉弄我的方法?

"想喝?"

"嗯……那当然。"

"是喔，不过我要喝掉。"

她咕噜咕噜开始喝水。

怎么回事，难道这种动作有什么诀窍吗?即使拿起塑料瓶对嘴喝，战场原看起来也完全不粗俗，反而很得体。

"噗哈，嗯，很好喝。"

"……"

"你那张垂涎欲滴的脸是怎么回事?没人说过要给你喝吧?"

从这句话看来，她是为了让口渴的我看她喝水的样子，才特地买了矿泉水来到这里，但她可以做出这种事吗?

不过，她有可能做得出这种事。

"呵呵，还是你以为我会用嘴喂给你喝?讨厌，阿良良木，你好下流。"

"在这种状况下，大概只有神原会有这种想法。"

"是吗?不过，像是上次和阿良良木舌吻的时候……"

"不要在这种状况下提到舌吻啦!"

我放声大吼。

不，虽然并不是隔墙有耳，但这种事并不是想到就可以提的话题。

男生是一种脆弱的生物。

“不过好吧，如果你说无论如何都要喝，那就给你喝。”

“我无论如何都要喝。”

“哈！这个男的就没有尊严这种玩意吗？只为了喝水就说出这种寡廉鲜耻的话……你还是去死吧！如果要我讲出这种话，我宁愿咬舌自尽！”

她看起来真开心……

好久没看到如此充满活力的战场原了。她果然最近都在勉强自己安分守己吗……

“好吧，既然你都这么说了，看在你可怜到令我不忍直视的份上，我就基于同情分一点水给你吧。给我好好道谢啊，这只喝水鸟。”

“喝水鸟是一种永动机关，并不是骂人的坏话吧……”

“呵呵……”

战场原露出更具恶意的笑容拿起塑料瓶，把没拿塑料瓶的手沾湿。这是在做什么……不对，这个恶意集合体接下来会做的事情，我已经完全预料得到了。

战场原把她用矿泉水滴湿的手指，伸到我的嘴边。

“给我舔。”

她扔下这句话。

“怎么了？你口渴了吧？那就伸出你的舌头，像长颈鹿一样肮脏地舔水吧。”

“……”

长颈鹿也不是什么骂人的坏话……不过只要是从这家伙的嘴里说出来，每字每句听起来都像是坏话，真是不可思议。

“我说，战场原……”

“怎么了？阿良良木真的口渴了吧？还是说那是假的？如果说谎，就需要好好管教一下了——”

“我会舔我要舔请让我舔！”

在这种状况下进行管教，太夸张了。

我像是长颈鹿一样（但我不知道长颈鹿是怎样的动作），朝战场原的手指伸长脖子，然后伸出舌头。

“啊啊，太丢脸了，这就是凄惨的极致。平常只是喝个水并不会做到这种程度，阿良良木肯定打从一开始，就是想象这样舔遍女生手指的变态。”

谩骂攻势永无止境。

战场原的活力与泼辣已经完全恢复了。

总之，先不提这件事。因为舔遍战场原的手指，我干渴的喉咙总算得到滋润。

那么……

“阿良良木，刚才那一幕，美妙得让我想设定成手机壁纸。”

“是吗……那太好了。那么，接下来我想吃个饭团。”

“好吧，今天的我难得很有度量。”

那当然，毕竟把我整成这样了，当然会多点度量。

“要吃哪种口味？”

“都可以。”

“真敷衍。难道阿良良木喜欢吃面包？”

“并没有特别喜欢……何况就我所见，你没买面包吧？”

“对，只有饭团。”

“我不会刻意要求现在没有的东西。”

“如果没面包，端零食过来不就好了？”

“这种统治太高压了！”

肯定会立刻引发革命。

以日本的状况，就是名为“一揆”的百姓抗争。

“我在呵护之中长大，所以不懂世事。”

“我觉得这是不懂世事之前的问题。”

“因为，我是由蝴蝶和蜜蜂呵护长大的。”

“那你应该是花吧？”

像这样随口闲聊时，战场原将饭团包装拆得干干净净，然后忽然把整个饭团塞进我的嘴。

“唔咕！唔！”

我噎到了。甚至无法好好呼吸。

“这是在做什么？！”

我忍不住向战场原抱怨。

“没有啦，如果要我对你说‘啊——’喂你吃，我会不好意思的。”

“那也不要突然塞过来啊！咕呼！噎、噎到喉咙了……水、水！我要水！整瓶给我！”

“咦……不行啦，这样不就变成间接接吻了？”

“已经被我舔遍手指的家伙，居然在这种时候害羞！”

最后，战场原给我水了。

但她也是粗鲁地把瓶口塞过来。虽然噎在喉咙里的饭粒得以灌进肚子，却害得我差点淹死。在陆地上淹死，太离谱了。

“哎呀哎呀，吃得地上到处都是。阿良良木真是个没用的孩子。”

战场原以冷酷平静的语气如此说着。

你啊，差不多快要超越恶言谩骂的领域了。

“那么，我也要用餐了……今天没什么时间，只能买便利商店的东西吃，不过别担心，阿良良木，明天我会好好做便当带过来给你吃。”

“……”

“怎么了，对我亲手做的饭菜不满吗？我自认厨艺天天都在进步呢。”

不，我的不满来自于这种监禁生活似乎是长期计划。原本以为是在玩什么游戏，所以才会陪她玩到现在，但我实在看不出战场原有什么目的。

嗯？原来如此。

目的显而易见。

——放心。

——我会保护阿良良木。

保护吗……

她这番话，应该是认真的。

想到这里——我也无法不留情面了。

不过与其说是温柔，这应该归类为撒娇才对。

或许是因为后脑勺遭受重击，记忆实在模糊不清——但我逐渐回想起来了。

保护。

战场原这句话的意思。

以及演变成现状的来龙去脉。

“不过战场原，居然朝后脑勺打一记就让我昏迷，你的手法真是高明。我之前听妹妹说过，要把人打昏似乎比想象中困难。”

“我没有说是一记打昏你的。”

“啊！是吗？”

“因为你一直没昏，所以打了二十记。”

“出人命也不奇怪吧！”

太夸张了。

慢着。

说到夸张，我还想确认另一件事。

其实我并不想确认。

但我必须确认。

“对了，战场原，你会做饭菜给我吃，这真的令我非常感恩，不过，关于大小便的事情，如果我要上厕所怎么办？”

我提出这个询问。

难以启齿的询问。

然而战场原依旧冷酷，眉头都不动一下，一副准备周全的模样，从便利商店塑料袋中取出成人纸尿裤。

“原、原小姐？应该……不会吧？这是所谓的恶作剧道具吧？你果然走在时代的前端……”

“不用担心。如果是阿良良木，我愿意帮你换尿布。”

战场原如此说着。面无表情、非常干脆地说着。

“阿良良木，你不知道吗？我深爱着你。深爱到即使你全身沾满秽物，我也会毫不犹豫地拥抱你。从呼吸到排泄，我会帮忙管理你全身上下包括大脑在内的每个部位。”

好沉重的爱情！

003

试着整理这场恐怖绑架监禁事件的来龙去脉吧。是的，为此应该要从七月二十九日的早上开始回想比较妥当。

说到这次的暑假，我为了洗刷吊车尾的污名决定考大学，所以无暇玩乐。学年成绩名列前茅的战场原，以及学年成绩第一的羽川，每天轮流教导我学习——虽然每天都过得很辛苦，不过仔细想想，这算是极大的幸运了。

应该说，任何人在这样的两人教导之下，成绩都不可能没有进步。

出乎意料，糖果与鞭子的高明运用。

不，比较像是蜂蜜和狼牙棒。

依照进度表，双数日是战场原负责，单数日是羽川负责（周日无条件放假），不过对方当然有自己的行程，这种状况就是以对方为优先，在七月二十九日，负责本日教学的羽川说：“阿良良木，对不起！今天我有一件必须处理的事情！我一定会找机会补偿你！具体来说大概在后天！”

就这样，我今天落得轻松。

虽说如此，因为是我请羽川担任家教，所以她并不需要这么愧疚……

羽川依然是一个过于善良的家伙。

顺带一提，她所说“必须处理”的事情，似乎与她的父母有关。这不是可以擅自介入的事情，所以我特意没有多问。我自认愿意为羽川做任何事，但如果以状况来说算是最恰当的处置，那么“不做任何事”应该也要列入“任何事”的范围之内。

总之因为这样，我今天闲下来了。

不，其实我也可以自己用功，但羽川说偶尔应该休息一下——虽然战场原从来没说过这种话，不过在这种场合下，我决定接受羽川的建议。

任何人应该都会这么做。

抱持庆贺的心情迎接两天连假。

虽说是两天连假，其实明天已经有预定行程了，总之今天就去一趟久违的书店吧。不过如此心想的我，还是把今天的课题先做完。下楼到客厅一看，爸妈已经出门上班（我们家是双职工家庭，周六照常上班），身穿浴衣的月火仰躺在沙发上，以上下颠倒的角度看电视。身穿浴衣又躺得这么不检点，该敞开的地方都敞开了，但她毫不在意。反正在穿着举止这方面，我也没什么资格说别人，而且又不是在外头这么做，所以也用不着干涉。

“啊，哥哥，学习完了？”

月火关掉电视（似乎不是因为好看而看）转向这里。眼角下垂的双眼令她看起来有些睡眼惺忪，不过以时段来看，这应该不是想睡的表情。

“今天的家教请假？”

“嗯。”

不过，我在战场原负责的日子会到战场原家里去，在羽川负责的日子则是在图书馆学习，所以家教这种说法并不准确。

其实也可以去上补习班或是就读预备学校，不过很遗憾我没能说服家长，这令我觉得平常的表现非常重要。

如今只能努力挽回了。

“我总有一天也要念书考大学吗？好讨厌……”

“因为你们不需要考高中。”

她们的学校是初中直升高中。

而且在考初中的时候，火怜与月火都没有特别准备就考上了……她们非常懂得考试的诀窍。

“就算要考，也是很久以后的事情吧？现在还不用烦恼这种事吧？”

“话是这么说没错，不过看到哥哥忽然提起干劲，忍不住就要这么想了。”

“那真是抱歉啊……慢着，咦？那个家伙呢？”

“哪个家伙？”

“大只的妹妹。”

“火怜出门了。”

“真稀奇。”

稀奇的不是火怜出门。

火怜出门，月火却像这样懒散地躺在家里的沙发上，这才是令我觉得稀奇的原因——火炎姐妹总是共同行动，而且火怜与月火分头行动的时候，大多都是因为介入某些麻烦事。

“拜托你们别惹麻烦啊。”

“真是的，我们没有要打什么主意啦——哥哥老是这样，永远把我和火怜当成小孩子，真是爱操心。”

“我不是操心，是对你们没信心。”

“还不是一样？”

“不，操心与信心，两者之间有着明显的差异。”

“这只是言语上的……呼。”

“话不要只讲到一半！”

她讲话也太敷衍了。

不过，这个话题确实没什么大不了的。

回归正题吧。

“所以，大只的妹妹去哪里了？”

“说了没有惹麻烦，反倒是要去解决麻烦。”

“这就是我所说的惹麻烦。”

“是吗？”

“在这个麻烦成为别人的心理创伤之前，快点给我从实招来。你就向我打小报告，接受名为叛徒的荣耀吧。无论是什么状况，只要早点知道都可以思考对策。”

“真是的，哥哥，初中生打架你不要管啦，这样很逊耶。所谓的打架，从某方面来说是很不错的沟通方式，不觉得最近不懂打架方式的人太多了吗？”

“慢着，听你这样讲，会觉得这样似乎是对的……”

“打架没有错，不知道正确打架方式才是错的。”

月火得寸进尺，一副博学多闻的模样。

瞧她得意成那个样子。

“不，可是你们的打架，几乎可以肯定会伴随着暴力吧？我认为这绝对不是正确的打架方式……”

“这只是以眼还眼，以牙还牙。”

“那是公元前的思考方式，你以为现在进入二十几世纪是为了什么？”

正确来说是二十一世纪。

“那么就是以牙还眼，以钝器还牙?”

“三倍奉还吗?!”

“哎哟！吵死了!”

生气了。

转眼就生气了。

刚才的得意表情飞到九霄云外。

“不知道不知道！我什么都不知道！大只的小只的中只的全都不知道!”

“我可没有中只的妹妹。”

真是的……

就是因为这样，就算担心你们也只是白担心。

总之，火炎姐妹基本上是以别人的烦恼或困扰做为原动力，不会贸然泄露正在执行的任务内容。就像我也不会贸然干涉陌生人的隐私。

哎，不管了。

等到她们应付不来，应该就会找我商量吧。

但是拜托不要再闹出绑架骚动了。

“真是的……我并没有要求你们成为大人，不过你们也稍微文静一点吧。”

“我可不想被哥哥这么说!”

月火说完之后，就将手边的遥控器扔了过来。危险，这家伙在做什么？由于不能躲开，所以我努力接住遥控器放回桌上。

不过真要说的话，要她们文静比较难以如愿。

毕竟任何人只要年纪到了，就会成为大人。

虽然这么说，但如果像千石那么文静也是问题。

如果火怜与月火能有千石十分之一的文静，千石能有火怜与月火十分之一的活泼，我觉得对彼此来说都会刚刚好。

不过在这个世界上，这种计算不可能成真。

没办法随心所欲。

“唔……对了，就是千石。”

我想到今天可以做什么了。

应该说，回想起来了。

今天不去书店了。这么说来，我和千石约好要去她家玩，却延误到现在都没履行承诺。

千石抚子。

她是月火小学时代的同学，是月火会邀请到家里来玩的朋友之一——当时的我和月火（及火怜）共用一个房间，所以虽然学年不同，但我们也彼此认识。后来月火读私立中学，所以就没有继续往来了，不过前几天，我在某个意外的状况下，再度见到千石。

意外的状况。也就是与怪异有关的状况。

总之，这方面的问题已经算是解决了，当时千石再度来我家玩，这是我精心设计的让她与月火重逢的计划。

在我这个哥哥看来，火怜与月火的个性大有问题，不过神奇的是，这种个性在同辈之间似乎很受欢迎，所以她们很擅长成为众人的焦点——该说擅长待人接物吗，总之这是一种我无法理解的神秘领导技能。即使对方是久违的小学朋友，这个技能似乎也顺利发动，月火与千石和乐融融玩得很开心。

当天，千石回家的时候说“下次请来我家玩”，我点头答应。

仔细想想，从那天到现在已经好久了。虽然绝对不是忘记，不过这期间也发生了很多事，而且我也开始认真准备考大学了。

要说亏欠也挺像的。

不过既然这样，今天就是个好机会，打个电话给她吧。

千石完全就是乡下学生，没有自己的手机，所以得打电话到她家。我从口袋里取出手机，千石家的电话号码已经存在里面了。

这么说来，好久没用手机打电话了。

虽然还是上午，但千石肯定已经起床了吧。

“您……您好！这里素千俗家！”

由于是宅电，我一直以为会是家人接听，结果上来就是千石本人。话说千石，你讲话和八九寺一样口齿不清。

咦？难道刚睡醒？

真意外。

我不认为你会以暑假为理由睡到中午。

“历哥哥，好久不见……怎么了？”

不过，千石接下来的询问就讲得很清楚了。咦？我还没讲话，她怎么会知道——不，就算不是手机，电话也已经有来电显示功能了。

“没有啦，抱歉忽然提这件事，不过我之前承诺过会到千石家玩吧？不知道今天方不方便。”

“咦、咦咦？”

千石感到惊讶。

应该说惊讶过头了。

好奇怪，之前明明说好的。她该不会忘记了吧？

“如果今天突然过去不方便——”

“不！今天、今天、今天！甚至是除了今天以外都不行！”

千石第一次展现出如此强硬的态度。

话说回来，原来你喊得出这么响亮的声音。

“这样啊，如果除了今天以外都不行，那就只有今天了……方便现在过去吗？”

“嗯，甚至除了现在以外都不行！”

真的吗？

她的行程到底有多满？

现在的初中生好辛苦，而我家的妹妹们只会把宝贵的青春用在愚蠢的正义使者游戏上，真想让她们向千石看齐。

“那我现在过去。”

我说完之后结束通话，然后转身看向月火。

月火又把刚才关掉的电视打开了。她转到午间综艺节目的频道，正在兴致盎然地看着综艺新闻。虽然装出一副不问世事的模样，但她基本还是会赶流行。真希望她也能对我发挥一下领导技能。

“喂，就是这么回事了。”

“嗯？咦？什么事？”

“原来你没在听？”

“没偷听别人讲电话也被骂，这样我会很为难。”

“啊。”

说得也是。

她这番话很中肯。

“我刚才打电话给千石了。”

“你要去小千家，对吧？”

“你明明在听吧？”

“路上小心！看家的工作交给我吧。”

月火摇了摇手。

连看都不看我一眼。

“不，不对，你也要去。”

“啊？”

月火颇感意外地转过头来。

“既然是去千石家，你当然也要去吧？”

“听刚才的那通电话，我原本认定哥哥是要自己一个人去。而且我觉得小千肯定也这么认为。”

“是吗？没这回事吧？”

但我是以“月火也会一起去”为前提的。

这么说来，我刚才提到了吗？

“哎，这方面不重要就是了。不过哥哥，我去了应该会碍事，所以还是你自己去吧，而且这样小千也会比较开心。”

“怎么回事，既然是去找千石，你怎么可能会碍事？反正你有空吧？”

“空间的话应该有。”

“不准偷改成看起来很像的另一个字，以为我绝对不会发现吗？”

“啊！我想起来了，我今天有社团活动。”

“记得你参加的茶道社，直到夏天结束都全面禁止活动吧？”

这是对他们在文化祭举办和服走秀的惩罚。顺带一提，这个美妙计划的提案人，就是我面前这个女初中生。虽然她当然应该负起所有责任，但我个人认为，附议的社员们（及顾问老师）也大有问题。

“自主练习啦，自主练习。”

“住嘴，你这个扮装狂。所谓的时尚，可不是穿起来合适就好。”

“觉得牛仔裤加连帽上衣就能上街的哥哥，没资格跟我聊流行时尚这种话题！”

“哎，确实没错……不过真搞不懂，你为什么莫名客气成这样？”

“总！而！言！之！”

生气了——

月火以怒气即将爆发的态度说道：“我不会去妨碍朋友的恋情，我可没有那么不知趣。即使是无法实现的恋情也一样。”

“啊？过来？①千石可不会用这种粗鲁的命令句啊！她和你们姐妹不一样，是一个很懂礼貌的女孩。”

“其实我上小学时就发现了，不过该怎么说呢，明明只见过几次面，该说她专情还是怎样……也不想想都经过几年了……我实在

① 日文“恋情”和“过来”同音。

学不来，而且也不想学。”

“嗯？”

“话说哥哥，哥哥相信男女之间的友情吗？”

“那当然。”

如果是不久之前，我大概会回答“我连同性之间的友情都不相信”，但现在的我可以立即作答。

“我和千石就是很好的朋友。”

“这样啊，那就行了。总之路上小心。”

“……”

唔，真顽固。

看来继续邀她也无济于事。

“知道了啦，那我就自己去，拜托你看家了。等到大只的回来帮我转达，我有话要跟她说。”

虽然应该是白费工夫，但还是得姑且叮咛火怜一声。

“那我出门了。”

“我还要问一件事。”

“嗯？”

“哥哥，最近你很少和火怜打闹了，为什么？”

这……她的询问方向令我意外。

这家伙……原来在想这种事？

我犹豫是否要问她为什么在这时候问这个问题，不过或许月火从之前就一直想问了。

我的语气不由得变得像是在打马虎眼。

“没什么啦，因为那个家伙最近功力突飞猛进，甚至像是听得到她战力提升的音效，我和她打架都会输。虽然她身高超越我，我的力气应该还是比她大，但我实在敌不过认真学武的她。”

“就算火怜是这个原因好了，像我刚才歇斯底里的时候，哥哥也是很干脆就让步了，感觉就像是异常懂事。”

“唔……这是因为……”

“如果是以前，哥哥肯定会猛掐我的脖子。”

“我可没做到那种程度！”

不。

并不是没有做过。

好像做过一两次……还是三四次……

“没有啦，以我们的角度来解释，就是哥哥越来越能包容我们的任性，感觉挺不错的，不过有点太明显了。”

月火像是在模仿火怜，讲话讲不到重点。难得看她这副德行。

“不可以擅自变成大人喔，这样会很无聊。”

任何人只要年纪到了，就会成为大人。

我实在无法在这种气氛下说出这句话。

004

即使如此，我当然也不能说真话。“其实我在你们不知道的时候变成吸血鬼了，虽然勉强恢复为人类，但还是留下一些后遗症，虽然只是有可能，但要是和你们打闹，搞不好一个不小心就要了你们的命，所以我现在尽量避免和你们起争执。”——我不知道到底要用什么表情说出这番话。

不过，这正是令我更加担心的原因。

现在的我，以及躲在我影子里的吸血鬼——忍野忍，我们的关系易懂又难懂，复杂而简单。我依然是忍的眷属暨厮役，不过忍要是没有我就活不下去也死不了，在吸血鬼或是怪异的范畴，都已经变成不上不下的存在。

直截了当来说，即使是现在，我也可以喂血给忍而化为半吸血鬼，忍也一样，只要摄取我的血，就可以稍微恢复吸血鬼的力量。反过来说，除非是喂血给忍之后的短暂期间，否则我体内的后遗症，顶多就是只有胜于常人的治愈能力——所以不用担心，我和火怜打闹并不会出问题，而且正如我刚才对月火说的，火怜已经开始认真钻研格斗技，正常情况下和她对打应该会是我输。然而，即使如此……

即使如此，我还是知悉了。

知悉战斗。

知悉斗争。

不是竞争——是战争。

不是互殴——是厮杀。

我知悉了战争与厮杀。

知悉之后——我实在无法和以往一样和妹妹们争吵。

直到今天被问到为止，我都尽量不去思考这件事，但我内心某处一直在思考。

——太明显了。

——不可以擅自变成大人喔。

——这样会很无聊。

火怜曾经对我说过相反的事情。

哥哥就是因为这样——所以总是没办法成为大人。

结果，火怜说得比较正确。

我的内在并未改变。

只不过——我知悉了。

其实以月火的立场，她应该不可能是想被我掐脖子——虽然不是学她讲话，但是正确的打架方式肯定存在。

我思考着这样的事情。

总之，我打扮成造访朋友家也不失礼数的模样（即使如此，但月火说得没错，我的穿着到最后就只是牛仔裤加连帽上衣），然后踏出家门。

其实千石家挺近的。第一次送她回家的时候，我甚至因为离我家很近而吓了一跳。不过仔细想想，既然就读同一所公立小学，这也是理所当然的事情——不用骑自行车，走路十分钟就可以抵达她家。

虽然并不是因为很近就可以不骑自行车，不过我想对方应该也要做些准备，所以我决定慢慢走过去。

就在我前往的途中。

我看见一个熟悉的背影。

与其说背影，应该说背包。

“那不是八九寺吗？”

娇小的身体，大大的背包。

绑着双马尾，看起来颇为娇蛮的侧脸，确实是八九寺真宵。

小学五年级的女孩。

忘记是哪一天了，我看到她迷路困惑的模样而主动搭话，这就是我们认识的契机。现在她住在另一个城镇，但是经常在这附近闲逛。不过对方毕竟是小学生，没有方法可以准确联络上她，所以如果想要见八九寺，只能像这样期待巧遇的机会。我和羽川已经把她当成吉兆，认为见到她的日子就会有好事发生。我自己也是进入暑假之后第一次见到她——慢着，好像真的很久不见了？

唔——唔——唔——

毕竟已经和千石约好了……

何况到头来，我并不是很喜欢那个娇蛮的小学生……不对，老实说应该是讨厌，非常讨厌她。我们的交情没有好到会主动向对方打招呼，即使撞个正着而四目相对，我都想把她当空气！

不过这么说吧，身为年长的高中生，用这种态度应付小学生也太没器量了。即使讨厌对方也愿意进行沟通，这才是独当一面的男人吧？就用普通的对待幼童的态度稍微应付她一下吧。不，见到她真的完全不会令我高兴，但好歹也要做出这种样子，这是礼貌的底线吧？

呼，我也太宠她了。

我以前所未有的速度起跑，冲刺到八九寺的身后，使劲抱紧她的身体。

“八九寺！小丫头，我想死你了！”

“呀啊！”

忽然被人从身后紧抱，少女八九寺放声尖叫。我不以为意猛亲她柔软的脸颊。

“真是的，这阵子完全没看到你，不知道你会跑到哪里去，害得我担心死了。真是的！”

“呀啊！呀啊！呀啊！”

“喂！别挣扎！”

“呀啊啊啊啊啊啊啊啊啊啊啊啊！”

八九寺继续放声尖叫。

“嘎！嘎！嘎！”

“好痛！你这家伙做什么啊！”

会痛是我活该。

这家伙会这么做，当然也是因为我。

抱歉，我错了，我真的爱死这个家伙了。

八九寺在我手上留下一辈子都可能不会消失的齿痕，终于逃离我的魔掌，拉开距离。

“呼哈！并且发出吼声。

她进入野性模式了。

“等、等一下！八九寺，看清楚！是我！”

这种状况下，即使她看清楚是我也于事无补，所以我只是说说看罢了，不过八九寺野性化之后泛出鲜红警戒色的双眼（这根本不是人了），逐渐恢复为原本的颜色（为求谨慎，补充一下，原本的颜色并非蓝色）。

“啊……”

八九寺收起战意，确认是我之后说道：“这不是阿良良木……读子小姐吗？”①

“这答案已经很接近了，令人觉得非常惋惜，不过八九寺，不要把我叫成在神保町拥有一栋装满书本的大楼，任职于大英帝国图书馆特工部的纸术士大姐。我的名字叫做阿良良木历。”

就像这样，和八九寺相处的时候，我可以在任何时候，以我喜欢的方式对八九寺进行“骚扰”，八九寺也可以在任何时候，以她喜欢的方式讲错我的姓名，我们缔结了这样的绅士同盟。

“请稍等一下，阿良良木哥哥！我强烈感受到这种同盟和日美亲善条约一样不平等！”

“是吗？但我觉得很平等啊！”

不过，我心里并不是没有底。应该说早就有底了。

为什么我只有在面对八九寺的时候无法压抑自己？

“这什么话，那种程度的拥抱问候，在美国稀松平常。”

“哪有人的拥抱问候是从后面偷偷抱过来！”

“总是局限在这种既定的框架里，这就是这个国家不长进的地方。”

“阿良良木哥哥，你怎么老是站在这种外国人的立场讲话！还有，阿良良木哥哥，虽然阿良良木哥哥应该只是想亲脸颊，可是刚才有好几次稍微碰到我的嘴角了！”

“真的吗？这就抱歉了！”

我并没有那种意思！真是不幸的意外！

“下次再这样的话，我要向羽川姐姐告状。”

“唔……这样会令我很困扰。”

---

① 历的发音（koyomi）重新排列组合就变成读子（yomiko），为作品“R.O.D”角色名。

我打从心底希望她别这么做。

最近羽川和八九寺的关系很好，好到令我困扰。

这对我来说，真的是很棘手的同盟。

就某种意义来说，这个同盟也可以说是受害者协会。

“不过，先不提这件事。阿良良木哥哥，你今天是出门办事吗？”

八九寺一下子就切换心情如此询问。

这家伙在这方面很干脆。

“啊——与其说是办事……”

“要寻找阿良良木后宫的新成员？”

“我没有成立那种诡异集团！”

“第一届成员忍野先生毕业了，要填补这个空缺应该挺辛苦吧。”

“假设真的有阿良良木后宫这种集团，为什么忍野会被当成前任成员！那个家伙只是个夏威夷衫大叔！”

“要是增加太多成员，剧情会变得难以进展，所以请小心喔！”

八九寺话中有话如此说着。

同时，这番话也很现实。

即使后宫之类只是随口说说，不过人类总是无法平等对待所有人。站在一方的阵营，就等于是没站在另一方的阵营；成为一方的同伴，就代表成为另一方的敌人。

正义的使者。

绝对不会成为正义以外的使者。

也会与正义以外的人为敌。

其中没有任何必须伪装的要素。

归根究底，所谓的正义……

对所有人来说——是叛徒。

“也对，我就接受你这番忠告吧。”

“是的，请接受吧。不过只要没有影响到我的地位，要增加多少新成员，我都不会在意。”

“为什么你会把自己讲得像是老鸟一样！”

话说在前面！

正式成员只有忍和羽川！

“你这种家伙，顶多只被当成‘今天的特别来宾’。”

“是喔，这样啊。既然这样，阿良良木哥哥，请把节目主持得好一点。”

“居然被数落了？”

被来宾数落的主持人！

肯定会一蹶不振！

“没有啦，我之前和你提过千石的事情吗？她是我的老朋友，今天我要去她家玩。”

“喔……”

八九寺点了点头。

这名少女聆听时的反应，依然令我如此舒畅。

“不过，你看起来一副面有难色的样子。”

“有吗？”

“有。以英文来说就是 rotation 。”

“为什么我会被排入先发投手阵容？”

正确的说法是 low tension 。

哎，毕竟我直到刚才，都在想一些沉重的心事。

对于住在同一个屋檐下的家人有所隐瞒，怎么想都不是什么愉快的事情。

“但我不认为我烦恼到把事情写在脸上。我的表情这么难看？”

“对。就像是某部没被改编成动画，还用这个话题自我嘲讽的作品，一个不小心却忽然被改编成动画，你的表情就给我这种尴尬的感觉。”

“我的表情并没有这么具体！”

“没关系的，就算是已经改编成动画，也不表示理应完结的作品非要继续写下去不可。”

“你在说什么？”

真是的。

这家伙偶尔会讲出超越次元的事情。

“预定之外的喜讯会造成心情低落，这一点我可以理解，不过只要踏入新的领域肯定会有收获。”

“慢着，我没在烦恼这种事，用不着这样安慰……”

话说回来，忍野之前好像很执着于动画化这三个字。虽然完全听不懂他在说什么，不过如果是那个家伙，或许就能和八九寺来一场建设性的对谈。

唔，这么说来，八九寺无论是直接还是间接，应该都没有和忍野交谈过吧？

虽然并不是因为回想起忍野这个人，但我不经意试着配合八九寺的话题。

“你说收获……比方说会是什么？”

“一语道破，就是钱。”

八九寺一语道破。

这一语也说得太犀利了。

“不对，应该还有其他的收获吧？”

“啥？”

八九寺露出极度瞧不起人的表情。

那是蔑视般的皱眉表情——喂，这是小学生应该有的表情吗？

“这个世界除了钱，还有什么东西吗？”

“有啊！比方说……爱！”

“什么？爱？啊，对对对，我知道，那玩意儿之前在便利商店可以买到。”

“居然可以买到？就在便利商店？”

“对，售价两百九十八日元。”

“好便宜！”①

“人类只是把钱从这里移动到那里的交通工具吧？”

“你的人生到底发生了什么事？！随时都可以来找我商量啊？”

“不过阿良良木哥哥，请仔细想想吧。富翁A说‘这个世界金钱至上！’，富翁B说‘这个世界并不是只有钱！’，如果真要选一边，A先生应该比较能争取到好感吧？”

“不准举这种强迫二选一的例子！”

我两种都不想选！

“不提钱的事情，阿良良木哥哥，我非常期待喔，不知道在片尾曲的时候，我们会跳什么样的舞。”

“已经把跳舞当前提了？”

“希望能像《猫眼三姐妹》片尾曲那样性感撩人。”

“只要有剪影就行？”

不过……

这个小学生的知识真复古。

即使是名留历史的名作，对于这时代未满二十岁的人来说，一般不会知道《猫眼三姐妹》的片尾曲动画是什么样子。

“我不是要说这个，八九寺。对了，其实跟你说也无妨，我不是有吸血鬼的属性吗？”

“原来有这回事？”

“你为什么会忘记这么重要的设定！”

她惊讶的表情好逼真。不像是装出来的。

“我一直以为你只是个喜欢拉面的哥哥。”

“我第一次听到我喜欢拉面这个设定！”

“记得你对全国各个种类的泡面了如指掌，我说的没错吧？”

---

① 西友贩售的超低价便当，以“便宜就是爱”为口号。

“居然还征询我的意见！”

拥有这种知识也太悲哀了。

至少也让我走访各地的美味拉面店吧。

“曾经品尝过所有当地特产拉面的男人，阿良良木历……记得到目前为止第一名的泡面是夕张哈密瓜拉面？”

“怎么可能有这种泡面！”

哎。

不过土产店偶尔会卖一些难以置信的怪玩意，所以我无法断言就是了……

“唔嗯……”

八九寺双手抱胸，露出有些严肃的表情。

“原来如此，修罗罗木哥哥。”

“虽然这名字帅气到害得我想改姓，不过八九寺，我之前已经强调过很多次了，我的姓氏是阿良良木。”

“抱歉，我口误。”

“不对，你是故意的……”

“我狗误。”

“还说不是故意的！”

“附近有全家吗？”

“不要随口问我便利商店在哪里！”①

是爱吗？

是要去买爱吗？

两百九十八日元的爱！

“原来如此，阿良良木哥哥。”

八九寺改口说着。

不再严肃，而是面不改色。

---

① 日文的“我口误”（kamimashita）与“附近有全家”（famimamita）音近。

“吸血鬼。听你这么说，我就有印象了。不过这又怎么了？”

“没有啦，就算是家人，这种事情也不方便明讲，但我觉得或许没办法一直隐瞒下去，毕竟即使已经恢复成人类，无论如何还是造成了一些影响。”

“我觉得没必要老实说出来。即使对方是自己的家人，自己藏一两个秘密也是理所当然的。”

“八九寺……”

对喔。

我身边的人们，家里大多都有一本难念的经。相较之下，我的烦恼有可能只会成为无心之言。

“何况要是共同拥有秘密，对方难免会被波及。或许阿良良木哥哥说出来会比较舒坦，不过到时候留下不好回忆的，会是哥哥的家人呢？”

“唔……你说得很中肯。”

“如果家里的长子说出吸血鬼或是怪异这种荒唐的梦话，我会立刻把他抓进医院关起来。”

“太中肯了！”

哎，这也是有可能的。

虽然并没有关进医院，不过以战场原的状况，是把怪异当成“疾病”来处理，至少家人是如此认知的。至于神原那边，受到怪异的影响至今，她的左手还没有恢复正常……她在这部分是怎么处理的？我不认为光是绑上绷带就能够瞒骗共同居住的家人。

“现在阿良良木哥哥需要的……没错！就是继续保密的勇气！”

“喔喔！说得真好！”

“不过我只是用勇气这两个字调味，把这句话营造得积极一点而已，其实就只有保密两个字。”

“讲得太明了吧！”

“只要在最后加上勇气这两个字，大部分的话语都会变得乐观积极。”

“哪有这种事……语言的构造可没有这么单纯，八九寺，不准小看历经几千年形成的沟通工具。”

“要试试看吗？”

“试试看吧。如果你能讲到让我认同，我就倒立给你看。”

“倒立？”

“对。这是更胜于跪地磕头的姿势。相反，如果你没办法让我认同，你就要穿着裙子在这里倒立！”

怎么样！

即使说得这么帅气，但要是内容没救也帅气不起来！

“好吧，我接受你的挑战。”

“哼，你只有胆量值得我嘉许。”

“阿良良木哥哥，扑火的不死鸟就是指你这种人。”

“慢着，我可没这么帅气吧？”

“那么……”

八九寺咳了一声。

画蛇添足的演出。

“先从初级开始……对恋人说谎的勇气。”

“唔……”

有一套。

明明只是对恋人说谎，不过光是加上勇气这两个字，听起来就像是善意的谎言——明明没有人这么说过。

“背叛同伴的勇气。”

“什么……”

好厉害。

明明从结果来说是背叛同伴，却给人一种借此保护同伴的印象——明明没有人这么说过。

“成为加害者的勇气。”

“唔唔唔……”

我不由得沉吟。

明明是给他人造成困扰，感觉却像是看到一位自愿扮黑脸的男子汉典范——明明没有人这么说过。

“懒散度日的勇气。”

“居……居然来这招……”

无路可退了。

明明只是浑浑噩噩浪费时间，却像是刻意置身于这样的际遇，基于大义而在贫穷中挣扎——明明没有人，真的没有人这么说过！

可、可是！现在的我不能认输！

“认输的勇气。”

“我认输！”

啊啊！因为听起来太帅气，我不小心附和认输了！

明明实际上就只是认输而已！

顺带一提，勇气的英文是 brave！

“好啦，阿良良木哥哥，请做出更胜于跪地磕头的姿势吧。”

“好吧——这是倒立的勇气。”

我倒立了。

在自家附近。

如果被火怜或月火看到我这副模样，我真的无从辩解……不，应该没这回事。先不提月火，火怜从小学生时代就经常倒立上学，成为同学们的笑柄。虽然她坚称这是在锻炼手臂，不过受到锻炼的应该是我的羞耻心。

“哇……看到长这么大的人倒立，真是令我不敢领教。就到此为止吧。”

“……”

“慢着，阿良良木哥哥，我说到此为止吧。”

“……”

“阿良良木哥哥，请到此为止吧，反而是旁观的我开始不好意思了，为什么要像是遵守已故好友的约定，坚持倒立到现在还不放弃？”

“没有啦，该怎么说……”

我开口了。一边以倒立姿势看着上方的八九寺。

“虽然很遗憾看不到你倒立的样子，不过我觉得从结果来说，我倒立之后的这个角度，应该也看得到……”

这场比赛。

我从一开始就立于不败之地。

“呀？”

少女八九寺害羞脸红之后采取的行动不是“按住裙子”，而是“踢我的脸”。她毫不犹豫利落施展的下段踢，以最完美的角度命中我的脸。下段踢命中脸部的光景可不是随处可见的。

“阿良良木哥哥！你是变态！”

“接受变态污名的勇气！”

“哇，好帅气！被我踢了还能继续倒立这一点尤其厉害！”

真是惊人的平衡感。

我自己都佩服自己。

总之，这种事要是在邻居之间传开也不太好，于是我转移重心让双脚着地。

哎呀哎呀，手脏掉了。

我啪啪轻拍双手。

或许真正脏掉的是我的心，但是内心的脏污无从拍起。

“对了对了……关于怪异的事情最好保密，记得刚才是聊到这个吧？”

“是的。”

“总之，我确实也不想被关进医院，即使不死的特性只剩下渣滓，也可能会成为很好的研究材料。”

“如果医院只是把阿良良木哥哥当成脑袋令人同情的家伙，我其实无所谓。”

八九寺说出这种过分的开场白之后说道：“认知到怪异，就会牵扯到怪异——就是如此。只是遭受波及就算了——要是源头在于对方，反而会是阿良良木哥哥遭受波及。”

认知到怪异，就会牵扯到怪异。

这应该是忍野曾经说过的话。

只要曾经与怪异有所交集，就会容易被拖进怪异的世界，受到怪异吸引并无从逃避——

包括被猫迷惑的羽川。

包括遇到螃蟹的战场原。

包括迷失如蜗牛的八九寺。

包括向猴子许愿的神原。

包括被蛇束缚的千石。

当然。

曾经被吸血鬼袭击的我更不用说。

我们是那个世界的半个居民。

就像是有一只脚已经踏进棺材——而且这可不只是比喻而已。

既然如此。

是否应该主动告知——否。

如果是为了对方着想。

如果是为了火怜与月火着想。

“干脆包含要背负的风险在内，把所有事情一五一十说清楚，让自己的家人也抱持坚定的决心，其实这也是一种方法。不过这种做法再怎么样也太冒险了。”

“也对，风险终究太高了，而且也不会因为这样而获得多好的报酬，不如脚踏实地，采取 low risk low return（低风险低回报）的方法比较好。”

“loli risk loli return？这就令人吓一跳了，原来阿良良木哥哥打算脚踏实地贯彻这么惊人的主义。”

“并没有！”

这丫头无论如何都想把我塑造成萝莉控。

完全不对。我完全没有萝莉控的特质。

何况我实际上的女朋友是战场原，她丝毫没有萝莉要素。

真要说的话，那家伙是精神年龄大于实际年龄的成熟型女孩。

“不对，所以你们那是伪装情侣吧？”

“哪有这种事！这种词语太新奇了吧！”

“阿良良木哥哥其实是萝莉控所以喜欢的是我。”

“唔哇，这种事不能成真！我不要想象这种事！”

“总之先不提这件事，rolling（翻滚的）阿良良木哥哥。”

“不要帮我加这种好笑的称号！而且 rolling 这个词和萝莉完全无关！”

“虽然这么说，不过阿良良木哥哥要是搬出来自己住，肯定会住在 flooring（带地板）的房间吧？”

“在这个时代如果想自己住，大部分的房间都会是 flooring吧！”

“捕鱼的时候，会采用 trawling（用拖网捕鱼）的方法。”

“我听不懂 trawling 是什么意思！”

这家伙英文单词学得真多！

这是什么小学生啊！

八九寺轻轻呼出一口气，似乎是要稍做停顿。

“跟你说喔，克拉拉木哥哥。”

“这是差一个字就天差地远的很好例子①，不过八九寺，不要把我叫成以轮椅代步，可能会在阿尔卑斯山的少女鼓励之下站起来的大小姐，克拉拉木哥哥站不起来的。我的名字叫做阿良良木历。”

---

①“阿良良木”和“克拉拉木”日文发音只差一个字。

“抱歉，我口误。”

“不对，你是故意的……”

“我狗误。”

“还说不是故意的！”

“开锁狂。[①]”

“你又在奇怪到吓人的地方着地了吧！”

别说口误，我只觉得这样太神了！

“跟你说喔，阿良良木哥哥。”

八九寺如此说着。

重新来过。

“所谓的怪异——就是后台。”

“后台？”

“一般来说，只要欣赏舞台上的表演就行——这是所谓的现实。不过即使如此，偶尔还是有人想偷看后台，乱讲一些不识趣的话。”

“……”

“不知道的话，还是别知道比较好。何况要是看过后台的人认定自己已经解开整个世界的架构，这就误会得太过分了——得知怪异的存在，反而只会令不知道的事情变得更多。”

“这样啊。”

这家伙讲话也变得有模有样了。

以前的她，明明连怪异的细节都不太懂——不对，这家伙不太懂的，或许只有她自己的事情。

而且。

既然她说不知道——那她就什么都不知道。

有些话是因此才说得出口的。

那么，我也应该这么做吧。

---

① 日文的“口误”与“开锁狂”音近。阿良良木的反应源自游戏《所罗门之钥》。

“总之，不需要想得太复杂吧？现在觉得无比烦恼的事情，过了一百年就可以一笑置之了。”

“也太久了吧！”

我那时候应该已经入土为安了！

“是的，换句话说，生前的烦恼会在死后被当成笑柄。”

“太惨了！”

“毕竟俗话说得好，传闻已传七十五人。”①

“这么多人知道了？”

“毕竟现代有网络，有七十五人知道，就等于全世界都知道了。”

“我问了不该问的问题！”

“既然是再怎么烦恼也没有结论的事情，就代表这是用不着烦恼的事情。现在的阿良良木哥哥，就像是烦恼‘我平常的声音，好像动画角色的声音’的配音员。”

“确实，不应该抱持这种毫无意义的烦恼……”

“暂时换个话题，阿良良木哥哥，‘感谢各位读者寄来的支持信！我每封都仔细看过了！’的漫画家，以及‘感谢各位读者在网志写的感想！我每篇都（搜寻出来）仔细看过！’的漫画家，两人的行为明明一样，为什么给人的印象差这么多？”

“容我斩除现代社会的黑暗面！”

不。

并不是这么夸张的事情。

“所以，阿良良木哥哥。”

八九寺说道：“阿良良木哥哥，只要在家人万一很不幸踏入后台的时候——在这种时候悄悄引导他们就行了，在这之前什么都别做，这就是正确答案。”

---

① 原为“传闻只传七十五日”，意指谣言传不久。

“这样啊。”

什么都不做——也是选项之一。

说的也是。

“真要说的话，就是不要让自己特别在意。”

“嗯，或许吧。”

或许还是应该和妹妹们维持在相互打闹的程度。我并没有成为月火心目中的那种大人。

只是稍微窥见了后台。

所以——我们依然都还是没长大的小孩。

“对。真要说的话，就是不要让自己特别在意‘妹妹’。”

“不要强调妹妹这两个字！听起来会变成不同的意思！”

所以我才一直用“家人”统称啊！

原来早就被看穿了！

“呃，聊太久了。”

我正要去千石家。差不多该走了。

“抱歉，八九寺，把你拦下来这么久，你也是正要去某个地方吧？”

“不，并不是那么回事。我只是永远在迷路而已。”

“哪有这种事……”

“真要说的话，我是一边想着‘阿良良木哥哥的家是在这附近吗？最近都没见到呢！说不定见得到他？’这种事，然后一边散步。”

“这样啊。”

天啊。她讲得好窝心。

“好乖好乖，八九寺，从下次开始，你要是先看到我，我准你主动过来抱我。”

“不，我没有那种想法，请不要误会了。坦白说，阿良良木哥哥完全不是我喜欢的类型。”

“我被小学生甩了！”

好大的打击！

无比沉重的冲击！

“顺便问一下，你喜欢哪种类型？”

“仙人这种类型会令我脸红心跳。”

“再怎么喜欢年长的对象，也要有个限度吧！”

至少得再活几个世纪才有资格！

门槛好高！

“好奇怪……你明明和我经历各种冒险，共同出生入死至今。”

“所以又怎么了？”

“知道吊桥效应吗？”

“知道。要是吊桥上只有两个人，即使并不讨厌对方，也会忍不住想把对方推下去。就是这样的心理学理论吧？”

“并不是这么恐怖的事情！”

不过，她说的这种心理学似乎也确实存在。

在车站月台等电车的时候，会莫名想要把前面的人撞出去，类似这样的冲动。

与吊桥效应完全相反。

“那么，改天见。”

“好的，下次再见吧。”

“八九寺。”

即使知道这样很不知趣。我在道别之后，忍不住又问了一个问题。

或许不该问这个问题，但我还是忍不住。

“你……不会不见吧？”

“啊？”

听到我的询问，八九寺歪起脑袋，一副真的很诧异的模样。

“没有啦，那个——之前一阵子没看到你，我真的很担心。毕竟忍野也不知道跑去哪里了，担心你会不会也像他那样，在某天消失不见——”

不。

这应该要看八九寺的状况。

对于八九寺来说，这样或许是一件好事——以八九寺的家庭状况来说，或许她应该这么做。

“嘻嘻！”八九寺笑了。

似乎笑得很开心。是小孩子应有的笑容。

“平常总是只为别人着想的阿良良木哥哥，居然会为自己着想而提出要求，能够让你这么做的人，除了我之外，顶多只有忍姐姐吧？”

“唔……”

“阿良良木哥哥果然是 rolling 。”

“唔唔……”

我对她的结论深感遗憾。

何况忍已经五百岁了。

“我真的觉得很荣幸。”

“八九寺——”

“阿良良木哥哥，我也要问一个问题。如果今后我又陷入危险无比的困境，到时候可以请你拯救我吗？”

拯救。

忍野厌恶至极的话语。

然而，我——

我觉得，我确实受到他的拯救。

而且，我也希望能像他一样，拯救别人。

“我会拯救，这不是理所应当吗？”

我毫不考虑如此回答。

“我不会把拯救你的机会让给别人。”

“也可以找你商量事情？”

“应该说，如果你没有找我商量，我会生气。”

"很像阿良良木哥哥会说的话。"

八九寺以像是要岔开话题的这番话，接受了我的答案。

她的笑容，看起来有些虚幻。

"我不再迷路之后依然身处这座城镇，这件事肯定有某种意义。在明白其中的意义之前，我不会消失的。"

明明是关于自己的事情——八九寺却以一副事不关己的态度，讲得像是陌生人的事情。

就某方面的意义来说，确实是陌生人的事情。

自己不了解的自己，是最陌生的人。

"有某种意义吗——"

"是的。所以即使没有改编成动画，依然会有续集。"

她又开始讲这种莫名其妙的话了。

我真的听不懂。

"何况以上次的结尾来说，完全没有交代我的后续吧？阿良良木哥哥后来继续去找忍姐姐，但我到底去了哪里？"

"你问我我问谁……你去了哪里也只有你知道，反正应该又迷路了吧？"

唔……这么说来，这家伙没有出现在终章。

"不过，八九寺，如果会害得你不见，那我宁愿没有续集。你继续待在这座城镇的意义，就当作不解之谜吧。"

"讲得真窝心呢。总之，即使我真的会在将来消失……"

接着，八九寺就像是在说给自己听。

"到时候，我一定会前来知会阿良良木哥哥。"

"这样啊。"

这句话似曾相识。

我回忆着没留下只言片语就离去的那个人——但还是点了点头。

"这样啊，那请你务必这么做。"

"会的，因为我很怕你对我生气。"

八九寺似乎再次想要岔开话题，而且收起了笑容。

005

说到初二学生千石抚子的明显特征，我认为其一是她过于文静的个性，其二就是刘海。留长的刘海没有分边，就像《灌篮高手》里的流川枫一样任其低垂，看起来有点像是保护双眼的护盾。千石是从刘海之间的缝隙观看外界，但是从外界几乎看不见她的双眼。总之，她这种特别的发型，甚至营造出一种异样的气氛，不过这基本上来自她的怕生属性，真要说的话也是无可奈何。

这么说来，千石出门的时候大多会戴帽子，不过以一般人的观点，帽子似乎象征着内心之墙。连忍野都以腼腆妹来称呼千石，不过到了她那种等级，与其说是怕生或腼腆，不如说已经达到不相信人类的程度了。

站在类似哥哥的立场，我很担心她的未来。

她这样要如何处世？

我思考着这样的事情，按下千石家的门铃（顺带一提，千石家是普通的两层楼民宅，不像战场原住在老旧公寓，也不像神原住在大到夸张的日式宅邸），当她开门迎接的时候，我吓了一跳。

不，吓一跳这三个字，不足以形容我的心情。

应该说是惊愕。惊愕不已。

千石收起刘海了。

她用可爱的粉红色（不是刺眼的粉红色，是柔和的粉红色）发箍，把刘海和两侧的头发往后收。

可以清楚看见她的双眼。

应该说，可以清楚看见她的脸。

原来这个家伙长这样……

虽然正如预料——但她的脸蛋比我想象的还要可爱。她明明就像是我的妹妹，却令我有点脸红心跳。

总是微微低着头的她，像是把这天当成特别的日子，抬头挺胸出面迎接我。

总觉得她的脸颊看起来微微泛红。

她这么希望我来玩？

“千石，你在家里都是这样的？”

“呃……那个……”

回答得吞吞吐吐。

啊，千石还是老样子。我放心了。

原本我甚至以为眼前的她是另一个人，不过光是回答个问题就慌张成这副德行，令我确定她就是千石。

“这、这样是指，怎么样……”

“没有啦，就是你的刘海。”

“刘、刘海？这……这是什么意思……”

千石装傻了，真可怕。

慢着，她自己不可能不知道吧？

“并、并、并不是，不是因为历哥哥第一次来家里玩，所以才鼓足勇气做了什么事，我并没有那样。”

“这样啊……”

哎。

既然她自己这么说了，应该就是这样吧。

或许她在家里，都会理所当然地戴上发箍。将千石细嫩雪白的大腿展露在外的短裙、可爱的细肩带背心以及披在上半身的开襟上衣，肯定都是她平常在家里穿的便服。毕竟即将进入八月，如今已经是盛夏时期了。

危险危险，我差点误以为千石是为了我而精心梳妆打扮出面迎接。我不应该有这种想法，搞得像是千石把我当作异性看待似的。

荒唐荒唐。完全不可能。

“请进，历哥哥，快进来快进来。”

“啊啊，嗯……咦？”

我在门口脱鞋的时候，察觉到一件事。

门口完全没有外出鞋。

这双学校指定用鞋，应该是千石的吧？

除此之外，应该还有她父母的鞋子才对……

“千石，你爸妈呢？”

“我爸妈周六也要上班。”

“是吗，那就和我家一样了……所以才会是你来接电话的对吧？”

慢着。

父母不在，家里只有一个女儿，那我真的可以贸然登门拜访吗？我一直认定千石的父母在家……糟糕，果然应该硬是带月火过来才对，不，现在还来得及，其实我应该择日再来吧？

在我如此心想的时候。

咔嚓。

咔嚓。

千石把大门锁起来了。

两道锁全部锁上。甚至还挂上防盗链。

嗯，千石的防盗观念似乎很完善……那就没问题了。这应该代表着我是受信赖的。

我必须回应她的信赖，这是年长者的义务。

“我的房间在二楼，所以要上楼。”

“嗯，小孩的房间大多会在楼上。”

“已经准备好了。”

“这样啊……”

我依照她的指示上楼。

千石的房间大约三坪大，完全就是一般初中女生的房间。房间各处（从壁纸到窗帘到门把套）洋溢着草莓般的女孩气息，呼吸的空气都是甜的。怎么说呢，和我妹妹们的房间很不一样。

不过，只有那个衣橱，没有令我感受到草莓般的女孩气息。

反而，该怎么形容……

“千石，那个衣橱……”

“不能开。”

千石用强硬的语气坚定地说。感觉我刚说到“那个衣橱”的“个”字时，千石就先把话说完了。

“即使是历哥哥，要是把那个打开，我也不会放过你。”

“……”

没想到千石的字典里，居然会有“不会放过你”这种话，我好惊讶……到别人家里果然会有意外的收获。

咔嚓。

见我完全进入房内之后，随后进房的千石锁上房门。不愧是进入青春期的女孩，房门已经装锁了……慢着，咦？

玄关大门就算了，但我完全不懂她为什么要把这个房间上锁。

总觉得我被关进来了？

不不不，怎么可能。

千石不可能做出这种事。

她没道理这么做。

肯定是习惯性地上锁。怕生又害羞的千石，平常就养成上锁的习惯，这不是什么值得惊讶的事情。

放在地毯上的托盘里已经摆着饮料与零食了。原来如此，这就是千石所说的“准备”。

真可爱。

"那么，历哥哥——请坐那里。"

"你说的那里是指床上？可以吗？"

"嗯。除了坐床上以外都不行。"

"……"

千石没有选项这样的概念吗？

经常听她说"除了怎样以外都不行"这种话。

我坐在床上，千石则是坐在书桌（可调整桌面高度的老字号品牌）前面的旋转椅上。

"唔、呼，这个房间，有点热呢。"

千石说完之后，脱下身上的开襟上衣。

慢着，这个房间是你的房间吧？

"如果会热，把墙壁那台空调打开不就行了……"

"不、不可以啦！历哥哥无论地球变成怎样都不管吗？"

地球被当作人质了。

这人质超有分量。

"二氧化碳导致地球温暖化，这是很严重的问题……光是碳被氧化就已经很严重了，还是两倍的碳被氧化呢！"

"这、这样啊……"

听她的说明，就知道她完全不懂个中机制。

不过实际来说，地球暖化的原因似乎尚未查明。有可能是冰河时期的相对现象，而且也还没证实与二氧化碳有直接关系。

"何、何况，历哥哥，古时候没有空调这种东西……俗话说得好，灭却心头火金铃。"①

"能够用火焰创造生命，真是先进的炼金术……"

这已经是神的领域了吧？

"历、历哥哥如果热的话，要不要把连帽上衣脱掉？"

---

① 原为"灭却心头火自凉"，日文"凉"与昆虫的"金铃子"音近。

“嗯？我吗？”

“就算不热，历哥哥除了脱掉那件连帽上衣以外都不行。”

“除了脱掉以外都不行……”

这颗星球真可怕。

神原大概会欣喜若狂吧。

不过既然她已经是初中生了，难免会注意环保之类的问题，身为“哥哥”的我，这时候应该配合她才是正确的态度。何况我确实有点热……老实说，直到刚才，我都觉得这个房间不只没开冷气，甚至像是开了暖气。

我的连帽上衣里面，是一件露出上臂的无袖背心。千石穿的是细肩带背心，感觉我们就像是露出上臂的搭档。

不过先不说我，千石居然在男生面前不以为意穿得这么清凉，令我认为她依然是个小孩子。

“那么，历哥哥，先喝个饮料吧……不过只有一个杯子。”

“为什么只有一个杯子！”

准备得这么周全，却在这种地方出纰漏，到底是怎么回事！

“用、用同一个杯子应该没关系吧——因为我和历哥哥情同兄妹。”

“这……哎，我不在意就是了……”

现在去厨房多拿一个杯子的选项不存在吗？不，千石没有选项的概念。

她肯定会说“除了用同一个杯子以外都不行”。

不过为什么呢，总觉得我像是一只被囚禁的小动物——明明千石比较像小动物才对。

总之，我喝了一口饮料。隐约有酒精的味道。

“千石，这应该不是酒吧？”

“不，不是。”

千石摇了摇头。

“只是普通的可乐。”

“嗯，喝起来的味道确实是可乐。”

“不过是强碳酸可乐。”

“居然还在卖？”

强碳酸可乐。

传说中能用碳酸令人喝醉的恐怖饮料。

这么说来，她准备的零食也都是巧克力酒糖，简直像是要让客人醉到不省人事的搭配。

好恐怖的阵容。

不过这当然只是一种巧合，要初中生熟悉待客之道才叫强人所难，所以我决定不要抱怨，当成今天有机会尝鲜就行了。

“房间里没有电视吗？”

“嗯，我很少看电视，因为对眼睛不好。”

既然这样，你平常的刘海到底是怎么回事？

或许是因为想把刘海留长，千石才会比别人更加注意视力保健。

“那你也很少玩电视游戏机吗？不过现在即使没有电视，也可以用掌上游戏机玩游戏了。”

“嗯，我很少玩……只有稍微玩一些有名的游戏。”

“这样啊。你说的有名游戏，比方说是哪种游戏？”

“像是《特攻神谍》。”

“啊——啊——”

“MSX2 的版本。”①

“啊？”

她玩 MSX2？

这时代居然有这种初中生？

这个女孩依然如此令人惊奇。

---

①《特攻神谍（Metal Gear）》最初是 MSX2 的游戏。

“主机放在一楼客厅……如果历哥哥真的要玩也可以，虽然不在预定计划之内。要玩吗？”

“不，到别人家做客却玩单人游戏，这样太离谱了……”

“不然的话，也有 POPILA2。”①

“你说 POPILA2？”

就没有 PS2 吗？

“总之千石，你刚才提到预定计划，意思是你在这方面有所准备吗？”

“嗯。”

千石取出两根一次性筷子。

其中一根的尖端涂成红色。

“来玩国王游戏吧。”

“……”

那个……要从哪里开始说明？

伤脑筋。

“千石……你知道国王游戏是什么样的游戏吗？和扑克牌的老 K 完全无关哦。”

“我知道，就像是船长命令那样的游戏吧？”

“唔……”

虽不中亦不远矣。

她说的是在英国叫做 Simon says② 的游戏。

“国王的命令，是接待的。”③

“太政治化了吧！”

千石不知道是装傻还是怎样，说出这种莫名其妙的话。

---

① 一种接电视就能玩音乐游戏的早期游戏机。

② 英国的传统儿童游戏，一般至少有 3 人参加，其中一个充当“Simon”，其他人必须根据“Simon”的命令做出相应的动作。

③ 日文“接待”与“绝对”音近。

我看向一次性筷子。

“我没实际玩过，所以也不太清楚，不过千石，国王游戏应该不是两个人就能玩的游戏。”

“为什么？”

千石歪起脑袋。

“无论是下令或是接受命令，我都很愿意。”

“呃……总之，还是别玩国王游戏吧。”

看来她应该还一无所知。

看到如此纯真的她就令我很舒坦，但有时会烦恼该如何应对。真是的，感觉自己就像是被问到“小孩哪里来”的妈妈。

大概是没能按照预定计划吧，千石露出有些困惑的表情，但她没有因此而沮丧，而是把一次性筷子放到一旁说道：“那么历哥哥，来玩人生游戏吧。”

她做出这样的提议。

“人生游戏吗？嗯，好啊。”

“人生的命令，是绝对的。”

“好沉重！”

千石表示游戏放在和室仓库，所以暂时离开房间。

“虽然不可以打开衣橱，不过除此之外都没关系，比如看看那边的相簿。”

她这么说。

为什么要让我看相簿？我摸不着头绪。

千石过了好一段时间才回来——感觉她看到书柜里的相簿没被动过好像有点失望，嗯，应该是我多心了。

顺带一提，排列在她书柜里的书很有个性，连一本漫画都没有，几乎都是岩波文库的古典文学，不像是初中生的书柜，甚至像是在让人以为她平常都在看这种书，借以表现自己成熟的一面。可能会有人不经意误解，认为千石是为了在我这个客人面前充门面，把父亲书房里的书搬过来展示。

不过我记得，这个家伙看过很多漫画。

好久没有玩人生游戏了。

记得小时候，我曾经不知道期票的用法而花了一番工夫。

“啊，对喔，我们是不是以前在我家玩过人生游戏？”

“嗯，我记得。”

“这样啊。”

“我从来没有忘记过。”

“……”

确实，千石会把往事记得清清楚楚，哪像我，对于以前的千石已经没什么印象了，只记得她是一个总是低着头的女孩。

我转动轮盘。

虽然这也是人越多越好玩的游戏，不过说到底就是类似大富翁的游戏，转动轮盘让车子外形的棋子前进，心情随着遇到的事件而起伏，颇能带动气氛。

感觉像是回到了童年。

不过，千石会把整个上半身弯下去接近地毯上的棋盘，所以细肩带背心的内侧若隐若现，令我眼神不知道该往哪里摆。

真是的。

虽然是小孩子，但如果对方不是千石，我或许就会受到诱惑了。她的姿势就是危险到令我有这种误解。我一直深深觉得，千石总是把自己身上应该保护的部位搞错了……咦？记得我上次这么想的时候，千石是选择以刘海遮掩“应该保护的部位”吧？

但她今天连刘海都收起来了。

搞不懂。

总之就算再怎么样，历哥哥看到千石的身体，也不会冒出非分之想。千石，你要庆幸我是一名绅士。

“啊……走到结婚的格子了。历哥哥，帮我拿棒子。”

“好。”

“如果要结婚，我想和历哥哥结婚。”

“嗯？现在的人生游戏，已经可以让玩家相互结婚了？”

我知道这个游戏的时候，还没有这种系统。

“嗯……不，没有这样的系统，不过，我是说理想的对象。”

“这样啊……”

这么说来，火怜与月火以前也对我说过“长大之后要和哥哥结婚”这种话。

好怀念。

总之，千石终究已经没有这么孩子气了，所以她刚才说的那番话，应该像是口头上取悦我吧。

“对了……历哥哥，我之前就想过一件事。”

“嗯？什么事？”

“历哥哥这样的称呼，感觉有点幼稚。因为历哥哥并不是我真正的哥哥。”

印象中，我曾经和神原聊过同样的话题。

记得当时并没有什么好的结果。

虽然我有一种很不好的预感，不过现在要转移话题也很突兀，就暂时顺其自然聊下去吧。

不过对于我来说，千石至今也和以前一样叫我“历哥哥”，我已经打从心底感到开心了。

“总之，想换称呼的话就随便你吧。你想要怎么叫我？”

听到我这个问题，千石就像是从很久以前就决定好答案般说道：“历。”

“……”

什么嘛。

没什么嘛。

只是纯粹以名字称呼罢了。

完全没有突兀之处。

根本就不用考量到这是结婚话题之后聊到的事情，天啊，我的不祥预感最近开始落空了。有一段时间的命中率号称百分百。

“嗯，我不在意。”

“那、那么……”

不可思议的是，千石不知为何羞红脸颊，一副很不好意思的样子（不过，收起刘海的千石，表情丰富得出乎意料）。

“历。”

她如此说着。

这个怪家伙。

“我说啊，抚子……”

“抚、抚子！”

千石的脸变得更红了。就像是遭受到剧烈的打击。

“历，然后抚子……哇、哇、啊……”

“咦？”

这也只是单纯以名字称呼吧？

总觉得从刚才开始，我们的语言就完全没有交集。

改天应该请语言专家八九寺指导一下。

“总之不提这个——千石，最近有发生什么奇怪的事情吗？”

“咦？什、什么意思？”

“没有啦，想着有没有又发生上次那种事……”

老实说，看到千石现在的清凉穿着，令我回想起这件事。之前我久违数年再度见到千石的时候，虽然不是绝对，但是不方便做出这种清凉的打扮——

是怪异害的。

以及，人类害的。

依照忍野的说法，千石的状况和我、羽川、战场原或八九寺不同，似乎不能概括而论——然而即使如此，如今的她肯定也变得容易招引怪异。

但是，过度在意，反而容易出现百密一疏的状况。

所以应该确认一下她的近况。

“不……我，并没有。”

“这样啊。”

“不过……”

此时，千石表情一沉。

“那种奇怪的‘咒语’，好像还是很流行。”

“在千石的学校？”

“是的，但不只是我的学校，是在所有初中生之间流行。”

千石说到这里犹豫片刻。

接着像是下定决心说道：“良良她们，大概正在做某些事。”

她所说的“良良”是月火小学时代的绰号——取自“阿良良木”中间的“良良”两个字。既然她是说良良“她们”，那她说的应该是包含火怜在内的火炎姐妹。

正在做某些事。

正在做某些事！

模棱两可，可以导出各种可能性，令人忐忑不安的话语……正在做某些事！

不，拜托……什么都别做啊！

“之前我向良良说了——她问我之前蛇的事情……但我当然不能据实以告，所以讲得有点含糊……但她好像请别人帮忙，调查到各式各样的情报。”

“各式各样？”

好想知道详情！

但同时也不想知道！

这么说来，记得今天火怜出门不在家……难道就是因为这件事？哎，既然是初中生之间的问题，那对火炎姐妹当然不可能没有行动……

“换句话说——应该就是和那个‘咒语’有关。不过准确地说，那玩意儿只是一种毫无根据的诅咒仪式吧？以千石的状况，反而是千石的应对方式有问题罢了。”

应对方式有问题。

她的应对方式——过于正确，所以有问题。

记得是这样没错。

如果要说得更加准确，这是号称传说中的传说的吸血鬼，铁血、热血、冷血的吸血鬼忍野忍来到这座城镇所造成的弊害。

反过来说。

在这些问题已经解决的现在，初中生之间流行的“咒语”，肯定已经没有任何效力了。

“嗯。”

千石点头回应。

“怪异货真价实形成那种明显形体的状况，就只有发生在我身上。应该吧。”

“既然这样……”

“不过，良良她们并不是把‘咒语’的结果视为问题——到头来，良良她们应该不相信怪异的存在……我是这么认为的。”

“哎……说的也是。”

那两个家伙挺现实的。

虽然怕鬼，却不相信鬼真正存在。

她们就处于这样的立场。

“她们真正视为问题的，反倒是最近这种毫无根据的诡异‘咒语’盛行的状况——想要查出是谁让这种玩意流行起来。”

她们要找出“咒语”的根源？

我妹妹居然这么异想天开。

何况一般来说，这种事根本不可能吧？

“这应该不是某人带动流行……而且就算找到根源，‘咒语’盛行的责任也不在于那个人吧？”

俗话说“传闻只传七十五人”。

第一人与最后一人简直毫无关联。

几乎就像是传话游戏。

“这方面就是良良……应该说火炎姐妹的作风了，良良她们似乎早就认定，这是‘某人’基于‘某个目的’让‘咒语’流行起来的……”

“确实很像她们的作风。”

真是的。

看来，果然需要和火怜好好谈一谈——虽然置之不理也无妨，但是这个案件已经包括“千石抚子”这个实例了，所以状况更加敏感。

一个不小心的话……

可能会有一只脚踏进棺材。

只是一只脚还好——但有可能两只脚都踏进去。

甚至会像我一样，连脑袋都栽了进去——

“历……历哥哥？”

大概是因为我忽然沉默吧。

千石恢复用原本的称呼方式呼唤我。

我回过神并抬起头来。

千石担心地看着我——像是随时会哭出来似的。大概是以为自己说的话刺痛了我的心，因而感到自责吧。

她真是个好孩子。

如果千石真的是我妹妹该有多好。我如此心想。

如果千石真的是我妹妹，我绝对不会和她吵架打闹吧。

“我没事。千石，你放心。”

我继续说道。

“还有，千石，你维持这个样子会比较好哦。”

“……”

“我是说刘海。外出也这样不是很好吗？”

“因、因为，这样会不好意思……”

大概是要代替刘海，千石以双手掩面。

“不、不过，既然历哥哥要求这么做……我会努力的。”

“嗯，努力是一件好事。”

我点了点头。

守护他人的成长挺不错的。

可以的话，我希望能守护她到最后。

“话说回来，人生游戏玩得差不多了，千石，接下来要玩什么？”

“扭扭乐。”

“是吗，这我就没听说过了。是什么样的游戏？教我玩吧。”

“嗯，我来教吧……”

千石收起刘海而显露出来的双眼，似乎偶尔散发着某种完全不适合她，犹如响尾蛇一般的闪亮视线，这真的只是我多心吗？

006

其实原本预定会在千石家待到傍晚，孰料千石的母亲刚过中午就回来了，好像工作上发生了什么状况。虽然发生了什么状况和我无关，但千石倒是慌了起来。

“历、历哥哥的事情是秘密，哇、哇，要被骂了，要被骂了，穿成这样，会被当成变态……”

她完全乱了方寸。

虽然我搞不懂她为什么要说会被当成变态，不过重点在于我被她当成秘密没有告诉家人。“没有知会”和“保密”完全是两回事，既然这样的话，这一幕在伯母眼中是“住在附近的陌生男性趁家里没大人时闯入”，我不认为在这方面能够给出一个满意的答案，所以我变成必须瞒着千石的母亲，像是避免偷情被抓到般悄悄离开千石家。

幸好千石预先把我放在玄关的鞋子藏在了鞋柜里。不过她准备得如此周全，就像是早已预料到这种可能性，令我有些困惑。

总觉得，虽然被赶出来——应该说被迫逃出来并非我的本意，令我觉得必须在事后打电话安抚千石，但是相对来说也令我莫名觉得，因为千石母亲的工作发生状况，我身为男生的某些重要部分似乎得救了……

不管怎样，我又闲下来了。

原本打算待到傍晚，要是现在回家被月火追问也很麻烦（我可不想说出提早回家的原因令她捧腹嘲笑我），反正火怜应该是天黑才回家，千石刚才提到的那件事，可以等到那时候再一起问她们姐妹……

既然这样的话……

“其实原本是明天的行程……不过算了。”

我走到路边，站在白天完全没用的路灯附近，然后取出手机。

联络对象，是我所就读的直江津高中的学妹。二年级的神原骏河。

“希望她有空——但我实在搞不懂她私人时间是怎么安排的。”

在铃声响了四次的时候……

“我是神原骏河。”

电话另一头传来声音。

自报姓名的风格，还是这么有男子气概。

“神原骏河，主武器是加速装置。”

“原来你是改造人吗？”

我完全可以接受！

以这种前提听她的声音，就觉得她讲话很像机器人！

“嗯，这个声音和说话方式，是阿良良木学长吧？”

“没错……”

她总是以声音和说话方式来认人。

你至今还不会用手机的通讯录功能吗？

“如果是我以外的人打电话给你，你要怎么应对？”

“呵呵，不用担心，阿良良木学长，其实知道这个号码的人屈指可数，所有人我都能用声音和说话方式来判断。”

虽然神原骏河是这种个性，却是直江津高中创校以来的明星，带领弱小的篮球社打进全国大赛，奇迹般的运动少女。她拥有恐怖的脚力（听说跑完五十米只要四秒多……），她的脚力在球场上发挥得淋漓尽致，令观众为她着迷。即使因为某些迫不得已的原因而提早辞去社长职位，至今她的人气依然居高不下——应该也不可能随便把手机号码告诉别人。

这是明星的为难之处。我应该体谅她的。

虽然这么说，但也用不着讨论这种问题。从神原不会使用通讯录功能就知道，她不太会使用机械类的产品，应该也很少主动打电话给别人吧。

“神原，你现在有空吗？”

“阿良良木学长，您这个问题完全没有意义。对于我神原骏河来说，大恩人阿良良木学长的要求，在任何事物之中处于最优先的地位。即使我正在为了拯救世界而战，只要阿良良木学长一声吩咐，我愿意抛弃世界赶到阿良良木学长的面前。”

“……”

依然讲得如此帅气……但我希望她能够以世界为优先。毕竟要是世界毁灭，我也没得活了。

“不过与其说是找你出来，不如说是我想过去找你。”

“嗯？什么意思？”

“那个……神原，你现在在家吧？”

“嗯，没错……

“今天因为一些预料之外的原因，复习功课的行程空出来了，原本约好明天帮你整理房间的，可以提前到今天吗？”

神原对外各方面表现得可圈可点，但她对于自己的事情却意外地粗糙，兴趣明明是自我锻炼，某方面却自甘堕落，简单来说，就是她的房间塞满了垃圾。

她房间的散乱程度真的很夸张，崇拜她的人看见她房里的情况大概会昏倒。何况我第一次受邀进入她房间的时候就差点昏倒了。棉被摊着，衣服乱扔，书本随便堆叠或是散落满地，房间角落堆满神秘的纸箱，最令人头疼的是房里没有垃圾桶，垃圾没有分类，只是随便塞进塑料袋，并且扔得到处都是。

好歹把垃圾处理掉吧？我很想这么说。

原本应该挺宽敞的房间，落得只有铺棉被的区域可以自由行动，而且那床棉被底下也塞满笔和笔记本之类的文具，她居然能睡在那床棉被上。

总之因为这样，当时受邀前往她家的我，还没坐下就开始动手清理她的房间，并且交给自己一项任务，每隔半个月就要去打扫神原的房间。

每个月的十五日与三十日，要打扫神原的房间。

然而，神原只要半个月就能将房间恢复到整理前的惨状，能够把房间弄乱到那种程度，也称得上是一种才华了。

“啊，当然不介意。您协助打扫房间就已经帮了我很大的忙，我哪敢有任何意见，我愿意随时配合阿良良木学长的行程。”

神原答应了。

我表示立刻抵达之后结束通话——即使神原心情再怎么低落都会迅速振作，她就是如此乐观的家伙，所以我得尽快赶到她家，才看得见神原沮丧的模样。和千石家不同，神原家有点远，如果是以脚力自豪的神原，就可以用她的四秒多冲刺法（或者是使用加速装置）飞速抵达，而我的脚力只有平均水准，所以我得先回家一趟。而且为了避免月火追问，我不能进入屋内，而是直接骑院子里的菜篮自行车去神原家。

总之，尽快前往神原家吧。

分秒必争。

我想看看神原小姐软弱的一面。

当我努力踩自行车踏板赶路的时候，却有一幅不得不令我停下来的光景映入眼帘。

民宅的围墙上，有一个身穿运动服，倒立向前走的初中生。

马尾轻盈跃动着。

是我妹妹，阿良良木火怜。

她直到现在都还是像这样倒立前进?

是在锻炼手臂吗?

八九寺说得没错。

都已经长这么大了，却在体育馆以外的地方倒立，看到这一幕真的会令人完全不敢领教……

一步又一步。

火怜没有发现我，靠臂力继续在围墙上“走”着。

“喝!”

我不动声色骑着自行车接近，朝她对齐的手肘轻轻施展一记金臂勾。

“唔啊、哇哇!”

我的平衡感比她好。

明明不是被下段踢命中脸部，火怜却失去平衡从围墙上摔落。

原本以为她会倒栽葱落地，但她是运动细胞超群的格斗家，短短一米的高度，就足以令她轻盈翻转的身体，漂亮着地成功。

因为是面向这侧着地，所以我们四目相对。

“啊，原来是哥哥，我还以为是敌人。”

“原来你有敌人？”

“身为男人，只要踏出门外一步就有七人为敌，不是这样吗？”

“但你是女人吧？”

“男人会有七人为敌，女人则是有男人的七倍。”

“这样啊……”

不过，如果这句话限定用在你身上，那就有可能了。

我有些无可奈何地说道。

“你到底是在做什么？你还要继续锻炼我的羞耻心多久？这把年纪还会做出那种杂耍举动的家伙，就我所知只有漫画里的早乙女乱马，你该不会被热水淋到就会变男人吧？”

“呀哈，这样敌人就会减少到七分之一，或许挺方便的。不对，应该说无聊。”

“真是的，居然在这种容易引人注目的地方做那种事……不知耻也要有个限度吧，你应该稍微具备青春期少女该有的意识，要是在街坊邻居之间传开怎么办？”

“咦？虽然搞不太懂，但我觉得哥哥好像把自己的事情抛到九霄云外……”

“我完全没有做这种事。”

我如此断言。

没错，我没有做任何令我内疚的事情。

“话说，如果只是倒立就算了，你居然用这种方式走远路，真的太离谱了吧……小学时代的体重还很轻也就算了，你现在几公斤？”

“不可以问淑女的体重。”

火怜得意洋洋露出笑容。

“不过，我该瘦的地方都很瘦，而且肌肉没有练得太发达，所以体重没有增加很多。如果有人在游乐中心倒立玩跳舞机，那个人肯定是哥哥的妹妹。”

“不，那种家伙不是我妹妹。”

“不不不，我还比不上某个可以自己一个人玩桌上曲棍球的哥哥喔！”

“居然拿往事来说嘴……”

总之，这个话题先放在旁边。

“你在这种地方做什么？”

“在进行公益活动。所谓的 volunteer（志愿者）。”

火怜站起来骄傲挺胸。

那副得意洋洋的表情真令我火大。

光是看到就想握拳挥下去。

“什么 volunteer，不准得意洋洋秀英文给我听，笨蛋。上次想讲 difficult（困难）却讲成 Descartes（笛卡尔）的初中生没资格装聪明。”

“有什么关系，反正笛卡尔讲的话大致都很难懂。”

“确实很难懂。”

“话说哥哥，不要在外头跟我搭话啦，我们长得这么像，很容易被别人发现是兄妹吧？我会很害羞。”

“我也不想找你搭话，如果不想被我搭话，就别做出令我不得不搭话的举动。”

不过严格来说，我并不是向她搭话，而是对她施展金臂勾。

“不过真要说的话，能在这里遇到你正好，我有事情要问你。”

“我没有想被哥哥问的事情。”

她轻描淡写如此说着。

火怜轻呼一声再度倒立——我抓住她的脚往另一边按下去，结果火怜就这么下腰摆出拱桥姿势。

在街上摆出拱桥姿势也很稀奇。

她的腰撑得真高……看起来甚至像是椭圆形。

这家伙的腿也太长了。

“哥哥，你做什么啦，这样很危险吧？”

火怜以倒立视角向我抱怨。

这家伙要维持这个姿势半天应该没问题。

“危险的应该是你们的活动。你正在做什么？”

“不就说是公益活动了吗？”

火怜就这么倒着露出笑容。

这构图挺有趣的。

“和哥哥无关，所以别管我们。”

“如果真的无关，我其实可以不管你们。”

咒语。

我不认为千石事到如今还会与这玩意有关，即使有过实例，应该也只是凑巧造成的——

真要说的话，应该可以置之不理。

被这两个家伙的任性行径拖着跑，结果受害的人只有我。至今都是这种模式。

是定理。

不过火怜似乎还没理解这种定理。

“不会造成哥哥的困扰啦，我们又不是笨蛋。”

她如此说着。

而且让双手离开地面，只以头部支撑，以得到自由的双手比出胜利手势。

就任何人看来，这一幕都很蠢。

“哥哥以为我是谁？”

“我哪知道。你是谁？”

“我是百鬼夜行杀无赦的——”

火怜压低声音继续说道：“地狱的疯狗，刑事司令！”①

① 源自特摄作品《特搜战队》，随后提到的蓝刑事亦同。

“唔哇，好帅……”

她应该是世上第一个以拱桥姿势说出这句话的女生。

“沉稳酷帅，完美无缺。”

大概是兴致来了，火怜接着说起蓝刑事的招牌台词。

慢着，至少你的姿势一点都不酷。

“毕竟我是熊熊燃烧的女人。”

“烧死算了。”

不过，她能够用这么逗趣的姿势说出异常帅气的台词，我愿意给予肯定之意……

何况我完全学不来。

这是四肢发达的她，扬眉吐气的一瞬间。

“是吗，那我今后就把这招当成我的招牌动作吧？”

“机会难得，就稍微练习一下吧。你试着随便讲几句帅气的台词听听。”

“想通过这里得先打倒我！”

“比我预料的还有趣！”

“相反模式。你先走吧，这里交给我！”

“啊哈哈哈哈哈哈哈哈！”

我捧腹大笑。

不可能出现这种状况。

不过，唔！这下不妙。

我不小心和妹妹玩起来了。

聊了这么久都没有得到任何我想知道的情报，实在是不可思议——不过即使不用问，我也大致推测得到火怜在这附近逗留的原因。

这附近是八九寺、神原和羽川之前就读的初中——公立清风初中的周边区域。如果要调查初中生之间盛行的“诅咒”，这附近应该是重点调查区域。

“喝！”

火怜从拱桥姿势起身了。她刻意先倒立（三点倒立）之后才以双脚站立，表演得真是精彩。

这家伙打从骨子里是一名表演者。

不过换个方式来说，只是个想引人注目的家伙。

“总之，我现在有很多非做不可的事情要忙，所以哥哥如果有话要说，晚上回家再跟我和月火说吧，可以暂时放我一马吗？”

哎，毕竟我现在也和她一样有事情要忙。

我想赶快前往神原家。

不想和妹妹在这里耗时间。

反正我原本就想到晚上再问——而且在这种地方也没办法好好聊。

“真的可以不管你们吗？”

我姑且再问火怜一次。

“嗯，反正很快就解决了。”

“好吧……”

“话说回来，月火怎么样了？她待在家里吧？”

“没怎样，她在看电视。”

不过，我不知道她现在正在做什么。

虽然她说会负责看家，但无法保证她不会偷偷溜出去执行火炎姐妹的任务……

就在这个时候，火怜运动服的口袋传出手机来电铃声。

是李小龙的电影《龙争虎斗》的主题曲。

这家伙用的铃声真老派。

不过她坚持没有为手机挂吊饰或是贴水钻，这一点很有男子气概，我为这样的妹妹感到骄傲。

顺带一提，月火的手机华丽无比。

由于火怜与月火还是初中生，所以一直都没有手机，但父母也没能违抗时代的潮流（说穿了是认为“再不让两个女儿带手机反而危险”），从今年暑假总算解除手机禁令，而且她们似乎没多久就用得很顺手了。哪像我还不太会用。

“喂，是……啊，嗯——”

即使还在和哥哥交谈，火怜依然接听电话，并且像是要回避我的目光一样转过身去。

然后轻声交谈。

她把音量压得很低，令我听不到对话内容。可能是得到“公益活动”的新情报，也可能只是私人电话，我连这方面都无法确认——啊，而且我也不想偷听。

我和月火不一样。

火怜讲了一分多钟之后结束通话。

然后转身看向我。

她的表情带着严肃的神色。

英气逼人的脸蛋。

“嗯，哥哥。”

“啊？”

“放心，看来真的很快就能解决。”

“嗯？这样啊……”

我只能含糊回应。

换句话说，刚才的电话果然提供了某些新情报？

“看来晚上和哥哥聊的话题，会是我今天的英勇功绩了。哈哈哈！”

“没人想听那种玩意。得知你直到初三都还会在市内倒立走路，是我今天最不幸的事情。”

“那我走啦！Hasta la vista！”①

---

① 西班牙文的“再见”。

就这样。

或许是要回避我的追问，火怜硬是结束交谈，从我的视线中消失。

顺带一提，她以前是翻滚着离开现场的。

以非常惊人的气势，迅速翻滚而去。

地上又没有软垫，她居然能做出那种危险动作，这和神原的运动细胞应该是不同的类型。

神原确实身手矫捷又是飞毛腿，但我不认为她做得出那种近乎杂耍的动作——不，到头来如果是那个家伙，应该不会想做这种有危险的动作。

这方面，或许就是格斗技与运动竞技的差异。

啊，对了，得赶快去神原家才行。

总之，火怜的事情先放在一边，接着我再度踩着踏板前进。

007

二十分钟后。

我抵达了平常要三十分钟才能到的神原居住的日式宅邸。如果不是因为遇到火怜耽搁时间，或许我可以再早三分钟抵达。

按下门牌旁边与日式宅邸不搭的门铃之后，应门的人是神原的奶奶。因为已经来打扫过房间好几次，所以我和神原的爷爷奶奶已经相识。

——那个……

——历小弟，骏河就麻烦你了。

神原奶奶一副满怀歉意的样子，对我说出这番话之后低头致意……哎，无论在学校是明星还是什么身份，神原在奶奶心中，应该只是一个可爱的孙女……并且，奶奶早就知道孙女房间的惨状了。

奶奶应该很担心。

即使信任自己的孙女，依然很担心。

不过我都已经高三了，还被别人家的奶奶称呼为“历小弟”，令我有些难为情。

我和奶奶问好后，前往神原的房间。

拉门关着。

神原肯定抱膝缩在房间角落里。我想象着这种光景，抱持着想要吓她一下的兴奋期待，没敲门就把门拉开。

只见神原正趴在棉被上。

“就我所知人格最高尚的阿良良木学长，居然没敲门就忽然打开拉门，这实在不像您的作风……嗯。”

“没有啦，那个……因为我想看看你沮丧的样子。”

“我想穿一下外套，可以请您在走廊等一下吗？”

我听话地回到走廊等神原穿好衣服，然后开始打扫房间。

任务开始。

首先大致把垃圾分类，装进大型垃圾袋拿到院子。这时候处理掉的是显然不会再用的东西，至于不确定是否是垃圾的神秘物体，在这个阶段依然保留。由于房间不是我的，所以最终要由神原判断是否要扔掉——不过虽然这么说，大致上还是会扔掉就是了。目前就只是保留不是留存，类似审判时的某种程序。

神原骏河。

我不禁觉得这个家伙很有钱，而且很浪费。总是买一些莫名其妙的东西，并且以高超的炼金术将物体化为垃圾。

所以到最后几乎都会丢掉。

总之，到目前为止都只是准备工作，接下来才是正式的清理整顿。

我挖出一件埋没在垃圾山里的像是篮球社队服的玩意儿。

背号是 4 号。

这是队长的背号?

哎，我的篮球知识来源只有《灌篮高手》，所以不太清楚。

“神原，这是……”

“嗯?啊啊。”

顺带一提，此刻的神原在走廊上。

神原运动细胞很好，却笨拙到不可思议的程度，几乎完全不会做家务。

这个阶段让她帮忙只会越帮越忙。神原这种校园里的明星人物，却像这样被我当成大麻烦，这个事实隐约激发我的兴奋情绪，但我认为这不是身而为人应有的情感，所以将其封印在心里闭口不提。

“那是篮球社的队服。一直在想不知道跑哪里去了，原来在那种地方。”

“这样啊，是练习用的队服?”

“不，那是我一年级的时候，确定晋级全国大赛时的纪念品。学长可以翻过来看看，当时的队友还在衣服上留言了吧?”

“难道你不懂得珍惜回忆吗?”

“回忆永远珍藏在我的心里。”

“好经典的台词!”

但是也在这里啊!

回忆的实体就在这里!

这段悲伤的插曲，令我不禁想起八九寺失忆事件(不过是我乱编的)。

“不过当时你还不是队长吧?因为你才一年级。但你的背号就已经是‘4’了?”

“没有法律规定只有队长的背号能用‘4’，虽然这是不成文的惯例……因为我是王牌球员嘛，所以当时的队长就把这个背号让给我了。”

“是吗？真是一段佳话，这位队长也很有度量。但我记得上次来打扫的时候，并没有看到这种东西吧？”

“因为至今这件衣服都挂在社团激励学弟妹，我是在暑假开始之前拿回来的。”

“这样啊……”

“我觉得以时期来说，篮球社差不多该摆脱昔日的荣耀了——我已经退出篮球社，如果我的影响力永远持续下去，篮球社会走不出自己的未来。”

“是吧……”

即使已经退出，神原似乎也在各方面很照顾篮球社——不过她也要划清界限到此为止了。

对于神原来说，或许这是她赎罪的方式。

因为她真的很关心篮球社。

“不过这件挂在社团里的队服，我并没有知会任何人就擅自拿回来，所以闹到连警察都出动了。”

“结业典礼那天有警车开到学校，原来是因为这件事！”

“因为是完全犯罪，所以至今还没查出我是犯人……”

“那这件证物怎么办？”

不过基本上，她只是把自己的衣服拿回家，所以没什么大不了的。

但如果背后有这段故事，这件衣服就丢不得了——不，并不是怕被警察发现，是因为这是重要的回忆。

“这么说来，你实际上场打篮球的比赛，我其实只看过一场。对了，神原，你可以穿上给我看看吗？”

“没问题。”

对一个已经退出的球员提出这种要求，我觉得有点厚脸皮，但神原爽快答应了。她在这方面很大方。

“不过头发已经留长了，应该会和当时的印象差很多。”

“你头发长得真快。”

初次见到她的时候，她的短发甚至比我还短，但如今已经大幅超过我了。我是因为忍在脖子留下的咬痕过于明显，为了遮掩伤痕才想要稍微留长头发……但神原的头发已经可以绑起来了。

“嗯，是吗？”

“我听说头发成长的速度大概是一个月一厘米——但你的那个已经增长五厘米了。”

“当然啰，人家还在长身体嘛。”

“你也没有再模仿战场原了。”

“嗯？是指刘海吗？”

神原穿上我递给她的队服，若无其事地回答。

“那并不是刻意要模仿战场原学姐的发型——不，很难说。我做的事情很难说得准。”

“我并不是那个意思……”

“呵呵。总之无论如何都是往事了——阿良良木学长也不用这么为我担心。嗯，好了，怎么样，阿良良木学长？穿起来大概就是这个样子。”

很高兴她愿意穿给我看。

神原开心地露出微笑。

“像这样穿上队服，就会回到当时的心情了。”

她如此说着。

“当时——是指带队比赛的时候？”

“不，是集训的时候。”

“不过神原，就算没办法打篮球，如果是别种运动项目，你的左手应该也不会碍事吧？比方说足球之类的。”

“我认为完全用不到手的运动并不存在。即使是足球，就算不以守门员为例，出界之后的传球也会用到手。”

“啊。”

“何况我也不懂越位的规则。”

在我们如此交谈的时候，我从刚才队服所在位置的正下方，发现一个意外的玩意儿。不，这玩意儿在现代应该不稀奇，不过神原房里有这个玩意令我颇为意外。

“神原，原来你有数码相机？”

而且是最新款式，外型超轻薄。

“啊，那是在这阵子买的。”

神原点了点头。

哇，真的是神原的相机——连手机都不太会用的神原，居然买了如此高科技的产品。

“我也觉得自己不像是会买这种玩意的人。不过阿良良木学长，有些照片实在不方便送去照相馆冲洗。”

神原从我手中接过数码相机，还轻声说着“之前还奇怪怎么不见了”。

不过一般来说，没有人会在家里弄丢数码相机吧……这家伙遗失东西的能力非同一般。

失物语。

“对于腼腆程度不输给千石小妹的阿良良木学长，我已经准备一个小小的惊喜了，敬请期待新学期的到来。”

“啊？惊喜？”

我现在就开始忐忑不安了。

接下来，我在垃圾山里发现了漫画。

这种打扫工作终于变得像是在挖宝了。既然有钱买数码相机，好歹也该买个书柜吧……唔，看封面以为是漫画，结果不是漫画，是小说。

“眼镜秘书与眼镜王子。”

从书名就能轻易判断，这是耽美小说。

“这个要丢掉。应该是可燃垃圾吧？”

“学长，那个可萌，但不是垃圾。”①

神原抓住我伸进垃圾袋的手阻止我。

“即使翻烂了，也是必需品。”

“是吗？既然是重要的书，那你就应该好好保存才对，像这样随便乱扔，对作者应该也很失礼。”

刚才想扔掉这本书的我，居然会说出这种话。

不过书这种东西，收藏太多也会难以处理。

“不过这种类型的小说，就我看来每本都差不多——神原在看的时候会区分吗？”

“那当然，有人说科幻小说看起来都差不多，学长这番话就和这种意见一样没器量。人们会把不清楚的事物都看成模棱两可的事物，在做出正确的评价之前，必须先培养知识与教养。”

“这样啊，虽然你这么说，但是小说里的主角都是帅哥呢。”

“啊？”

“没有啦，说到底神原也还是喜欢帅哥嘛。其实你并没有那么奇怪吧？”

“啥……？”

她说过这是她最不想听到的一句话，看来是真的。

“不过……如果是女生，喜欢帅哥是天经地义的事情吧？这种帅哥云集的小说，当然也会看得很开心，换句话说，这就类似偶像团体吧？”

“请、请不要举这种浅显易懂的例子！”

“你并不是只会对体重超过一百五十公斤的男生心动，或是闻到老人味就会兴奋吧？”

“呃、不，这是，那个……！”

神原失常了。很明显不知所措。

① 日文的“燃”与“萌”音同。

“呜哇——”她像是中了混乱魔法，朝我扑了过来。

008

刚才没有发生任何事。

“大致有个样子了。”

我如此说着。

总之，神原骏河六坪大的房间，已经整理到看得出有六坪大的地步了。

接下来只要把神原没收好的东西放回原处就好，即使依然不能掉以轻心，但已经看得到终点了。

从未收过的棉被正挂在庭院晒太阳。

此外，神原脱掉之后乱扔的衣服也正在洗衣机里翻滚。

“稍微休息一下吧。”

“嗯，也对。”

神原坐在榻榻米上，队服已经脱下来了。

“阿良良木学长，我去泡茶给您喝？”

“不，我并不是觉得累，喝茶之类的就免了。我只是趁着中场时间喘口气。”

“阿良良木学长的打扫技能令人瞠目结舌。或许我是想欣赏阿良良木学长的这项技能，才会像这样把房间弄乱。”

“这样会造成我的困扰，拜托下不为例。”

“阿良良木学长将来会成为好老公。”

我并不想继续这个话题。

“啊，对了，神原，要不要在休息时间玩这个？”

我把清理垃圾时找到的已经整理好的一盒花札牌放在神原面

前。发现这副牌的时候，我就打算留着等会和神原一起玩，可以说是本次挖宝过程中，唯一的一份战利品。

“嗯？”

神原接过我递出的花札盒，歪起脑袋。

“这是什么？纸牌？”

“不，要说纸牌也没错啦……不过这是你房间里的东西，你怎么会不知道？”

“啊，花札吗……这么说来，房里确实有这个玩意。”

神原打开盒子取出牌，翻开好几张牌。

“可是我不懂规则。”

她如此说着。

“我只是看到百货公司在卖，心血来潮就买下来了。把每张牌的图看过一次之后，就再也没有打开过。”

“什么嘛，原来是这样……那就没办法玩了，本来还想着可以久违地玩一下……”

花札完全变成冷门游戏了。

或许是世界上最冷门的纸牌游戏。

居然会输给 UNO……

花札比人生游戏还要古老，这也是没办法的事情。

“不，阿良良木学长，并不会没办法玩，只要您教我就能玩了。虽然我看起来是这个样子，但我很擅长记比赛规则。”

“嗯，不过花札的规则很复杂……”

“没问题。有人会把‘两次运球’误以为是同时运两颗球，请不要把我和这种人相提并论。”

“……”

抱歉，我以前也搞错过。

话说，记得神原的功课似乎也不错。

那就试试看吧。

既然只有两个人玩，那就是玩“来来”。

“松树、梅花、樱花、紫藤、菖蒲、牡丹、萩、芒草、菊花、枫叶、柳树、泡桐，十二种图样各有四张牌——总之看图片来记应该比较快。”

简单说明之后就开始玩起来。

再怎么讲得口沫横飞，还是边玩边学比较记得住。应该说，只要记得所有牌型，下面就只能以实战锻炼了。

“这种游戏，阿良良木学长是在哪里学会的？”

“嗯——记得是乡下奶奶家吧。我莫名喜欢这种花札的手感，小小的很可爱。不过最近真的没人肯陪我玩了。”

“嗯嗯。”

神原大幅点了点头。视线也落在榻榻米上。

“因为阿良良木学长没什么朋友……抱歉我问了不该问的问题。”

“不对！不是那个意思！我的意思是我找不到会玩的人！”

不。我确实也没什么朋友。

“如果是同性朋友，应该连一个都没有吧？”

“你讲得真过分！”

“忍野先生也已经离开了……

总之先战十个回合。

附带解说的模拟战。

知道规则的我当然是顺利拿下十连胜，此时神原似乎也大致熟悉规则了。

看过手上的八张牌之后，先思考自己想凑出什么牌型。比赛开始之后，不能只顾着凑自己的牌，还要积极妨碍对方凑牌，因为要是对方先凑出牌型，自己的牌再好也没用——总之只要掌握这方面的诀窍，就已经可以独当一面了。

“嗯，那么差不多就正式开打吧，我开始明白有趣之处了。”

就像是要再度确认，神原重新看了一遍花札盒里附赠的说明书，然后端正坐姿。

“先后顺序用抽牌来决定……说明书特意注明‘请避免以猜拳或掷骰子决定顺序’还真有特色。”

“很有特色吧？”

比起百人一首毫不逊色。

不过百人一首这种游戏，如果真的照公式规则来玩，肯定会有人举白旗投降，也是一种相当冷门的游戏。

“我猜拳功力很弱，所以很感谢有这个规定。”

“猜拳也会有强弱之分？”

“嗯，并不是不会有。”

“好吧……”

嗯，毕竟也是一种比赛。

或许确实有强弱之分吧。

抽牌一看，神原是十二月的牌，我是九月，所以我先攻。

不过基本上，“来来”的玩法都是先攻有利，所以我决定让初学者神原先攻。

原本以为神原不喜欢这样的让步，不过这么做在某方面来说才算是公平的运动精神，所以神原没有婉拒，说声“那就这样吧”接受了我的提议。

“妹妹。”

“嗯？”

“我是说，可以找妹妹——即使没有朋友，不过记得阿良良木学长有两位妹妹吧？平常不会和妹妹玩花札吗？依照刚才的说法，应该您全家人都知道怎么玩……”

“我曾经和小妹玩过很多次……但大妹在乡下总是无拘无束跑遍山林各个角落。不过到了这个年纪，已经不会像这样和妹妹一起玩了。”

“是吗？”

“或许其他地方找得到这样的兄妹吧，不过至少我家兄妹的感情没有这么好。”

何况，那两个家伙很忙。

明明只是在玩正义使者的游戏——却很忙。

“我是独生女——所以不清楚妹妹是什么样的一种存在。”

“并不是什么好事，这我可以肯定。”

“那哥哥呢？如果我有哥哥，不知道我的人生会有什么样的差别——不过，我当然把阿良良木学长像哥哥一样仰慕。”

“这真是荣幸之至。”

“我可以试着把学长当成哥哥称呼吗？”

“只要你别耍心机，正常称呼就无妨。”

“历哥哥。”

“……”

不妙。

超级不妙。

她大概是在模仿千石吧，但是破坏力超乎想象。

她真的没有耍心机或是出其不意，而是率直称呼，印象也因而加分。

“历哥哥，天亮了，快起床了啦。”

“唔、喔喔……”

“历哥哥，要迟到了啦，快点快点。”

“天、天啊……”

“历哥哥，不要耍赖了啦。”

“我……”

包括千石在内，不是亲妹妹的人讲出这种话，听起来还挺不错的，新鲜感也是重点之一。

到头来，如果只是学长还好，但我没自信值得神原把我视为哥哥仰慕——不，老实说，我身为学长也不够格。

“那么，就这样进行吧。”

比赛开始。

从现在开始要记录成绩。

为了增添比赛的刺激感，我们决定小赌一把——虽然这么说，但赌钱对高中生来说并不合适，所以我们事先说好，总积分败北的一方要接受惩罚游戏。

惩罚游戏。

不对，依照状况，惩罚游戏也可能变得不合适。

以最坏的状况来说，可能比赌钱还不合适。

神原，我相信你喔！

这句话可不是什么搞笑桥段！

然后，我们又战了十回合。

这次并不是模拟战——

但我再度十连胜。

虽然她确实擅长记游戏规则，但是打得很差。

这家伙是怎么回事？运气真够差的。

我也能接受她猜拳功力很弱的说法了。

因为非常在意，所以虽然这么做不值得赞许，但我后来开始记录她抽过的牌，结果发现她手中的牌几乎都是散牌，而且大多是同一个月份，像是十二月的散牌，她手上就有三张。

实力悬殊。

这么说来，刚才抽牌决定顺序的时候，她也很巧地抽到了十二月的牌……

虽然我有经验，不过毕竟很久没玩了，原本以为可以和初学者神原来场精彩的比赛，没想到战局却是一面倒，令我相当意外。

甚至没有出现过和局，令我难以置信。

虽然记不太清楚，不过以游戏性质来说，和局的概率应该不低。

唔……

讲得极端一点，玩这种游戏是靠运气，偶尔也会碰到这种日子吧。说不定明天就轮到我输很惨了。神原果然注定倒霉一辈子，或是天生不受幸运之神眷顾之类的念头，从来没有出现在我的心里。

然而……

神原陷入非常夸张的沉默。

她的眼神已经不是我所知道的神原的眼神了——不对，她平常就是一副英气逼人的表情，但因为头发留长了更有女人味，使得她的双眼甚至令人感到恐惧。

微微鼓起的脸颊挺可爱的。

她在赌气。

紧咬嘴唇的力道可不是闹着玩的。

有些人在任何场合输了都会沉默不语，她就是典型。

她闹别扭的程度真夸张。

神原在这方面意外地孩子气。

“差……差不多该继续收拾房间了吧？好像玩太久了。”

“呼呼，赢了就想跑？”

神原低声说着。

与其说是在跟我讲话，不如说是在跟榻榻米讲话。

“阿良良木学长。虽然是老话重提，但我很尊敬阿良良木学长。”

“啊，是嘛。”

“我已经把阿良良木学长视为天神般尊敬，当我说出阿良良木学长这个名字，我甚至会在心中合掌参拜。”

“我就希望你可以改一改……”

“不过阿良良木学长，您这种态度太卑鄙了，请您不要太令我失望。赢了就跑的行径令我不胜唏嘘，看起来就像是害怕输给我。”

“不，那个，我已经不想赢你了。”

但神原不准我起身。而是要求我重新发牌。

我觉得输红眼的赌徒或许就是这样的，但我不认为神原的个性会如此执着于胜负。

但如果她没有这种不服输的个性，大概也打不进全国大赛吧。

如果输了也不会懊悔，从某方面来说也有问题。

不过，如果只有在赢不了的时候才出现不服输的个性，那就不值得嘉许了。

“这算什么话，阿良良木学长，胜负还未定呢，如果中途结束游戏，就等于是瞧不起我。请看，说明书上也写着‘每一局为十二回合’，换句话说还有两回合要比，您现在就认定自己胜利还太早了。”

“无论再怎么想，这种点数差距也不可能在两回合之内扳回吧……啊，没事，当我没说。”

她怒目相视，令我不由得闭嘴。

我除了闭嘴还能做什么？

两人沉默不语。

我发给彼此各八张牌。

然后先把牌整理成好打的顺序。

考量到今后与神原的关系，即使没办法让她总分赢我，至少也要在最后两回合让她风光一下……不过这毕竟是靠运气的游戏，想故意输掉也挺难的。

何况即使我放水，要是对方凑不出牌型也没用。

这下该怎么办……

“啊……”

“阿良良木学长，怎么了？这次是阿良良木学长当庄家。”

“抱歉，手四。”

手边的牌有四张柳树，所以叫做“手四”。

这是牌刚发到手中就凑出牌型的特殊牌型。

“这回合我输六文。”

神原默默在手机上的计分表记下点数。我们并没有采用输家负责记分的残酷规则，只是神原一开始就自愿负责计分，不过即使毫无因果关系，神原还是连败至今。

我看看。

这样我大概总共赢了五十文吧？

“那么就这样了，既然出现这种难得的牌型，就玩到这里为止吧——”

“慢着你这混……呜呜，还有一回合。”

一瞬间，她似乎想破口大骂。但她忍住了。

“别这么生气……这只不过是场游戏吧？”

“您这么没志气要怎么赢！”

“慢着，现在是我赢吧？”

“呜呜……”

“这只是游戏，玩得开心也很重要吧？学学千石吧，扭扭乐就是那个家伙教我玩的，虽然后来输给我这个初学者，但她一样玩得很开心哦！”

“阿良良木学长，看来您还没察觉真正的大魔王是谁。”

“嗯？什么意思？”

“没什么意思，何况我也不应该插嘴。那就继续吧！”

神原绷紧身体。

即使不太愿意，我还是发牌了。

真是的，这个家伙是那种以运动发迹，然后因赌博殒落的类型吗？

看到手边的牌，我睁大眼睛。

“神原。”

“什么事，阿良良木学长？”

“我要先决定惩罚游戏。”

“您真是心急。”

“你一辈子都不准赌博。”

我手边的牌，又是特殊牌组。

这次是四对。

009

剧情正在逐渐接近核心，请各位稍安勿躁。

我打完花札、整理完房间并离开神原家的时候，已经接近傍晚时分了。虽然神原的奶奶邀我一起吃晚餐（我已经接受过好几次款待，神原奶奶的厨艺超棒），但我今天婉拒了。

这么说来，我在整理房间的时候，向神原问起了一件我很在意的事情。

那就是——她如何对家人说明左手的现状。

“就说是受伤。”

神原如此回答。

“何况也真的很难说明。”

“是吧——不过，这样说得通吗？你的左手和我的吸血鬼体质不一样，一看就很明显吧？”

神原被怪异缠上的左手。

从轮廓来看——属于异形。

“像是战场原的状况，应该也是因为无从隐瞒，所以她的家人都知道——”

“当然，爷爷和奶奶都很担心我——不过即使如此，我和他们之间也无可避免地存在着母亲的问题，所以只要是我不想被干涉的部分，他们就绝对不会干涉。”

似乎是这么回事。

母亲吗——

我差点忘了。

神原的猿猴左手就像是母亲的遗物——即使神原的爷爷和奶奶没有知道得如此详细，只要稍微察觉与神原的母亲有关，他们应该就不会深入追问。

或者，他们已经明白一切却佯装不知情。

总之，神原也有苦恼之处吧。

母亲的事情暂且不提，对于她所尊敬的爷爷奶奶，必须隐瞒这种绝对不能告知的秘密——对于凡事耿直面对的神原来说，肯定不是轻松的选择。

然而，包含这方面的理解在内。

所有责任——都要由神原骏河一肩扛起。

“哎，无论如何，再忍几年就行了。”

是的。

神原的手将会在数年后复原。

和我的吸血鬼体质不同——她的手臂并不是一辈子的问题，所以她肯定能够克服考验。我低头看着被晚霞拉长的影子如此心想。

总之，就是这样。

我骑上自行车，穿过神原家气派至极的木门来到户外，随即发现有一名男性无所事事地站在不远处。

刚开始，我以为自己曾经在某处见过他。

然而——我不认识他。

他是一名壮年男性，就像是刚参加完葬礼，身上穿的是漆黑的西装，系着黑色领带。说他看起来就很可疑实在是过于臆测，但他很明显会令人怀疑他的身份。

你是谁?

是真物?

还是伪物？

可惜光看外表看不出来。

很明显与这座城镇格格不入——不对，或许相反。回顾我至今诸多经历，他与这座城镇非常相配。对，说实话就是……

非常诡异。

极为不祥的男性。

这名男性仰望着神原家。

“嗯？你是这家的孩子吗？”

既然距离这么近，当然不是只有我单方面在观察对方。身穿丧服的男性，在我骑着自行车离开神原家时，主动前来搭话。

这句话令我觉得他可能是推销员，但是从气氛来说又不像——不可能会有推销员穿这么触霉头的衣服。

这种穿着会令人不自在，就算想接受他的推销也会打消念头。

“不……”

我说着摇了摇头。不知道该如何应对。

假设他不是推销员，而是神原家的客人，那我就不能有失礼节。然而——

“并不是……不过请问……”

“啊，抱歉我忘了先介绍我自己，你对陌生人保持这种戒心非常正确，请好好保持下去。我是贝木。”

“贝木？”

“是的，贝家的贝，枯木的木。”

身穿丧服的男性——贝木面不改色，以一种不太高兴的态度斜视我。

用发蜡定型的黑发，隐约有种人工的香味。

他果然令我觉得——似曾相识。

这名男子和某人很像。

既然如此——那么，他像谁？

"我是阿良良木。"

既然对方已经自我介绍，我也不得不自报姓名，不过一样只说出了姓氏。

"汉字是——我想想……"

后面三个字还行，但"阿"很难说明。

不过写出来就很好认。

"用不着说明到这种程度，我刚刚才听到过这个姓氏。"

在我如此心想的时候，贝木说出这句不明所以的话。

"不过，如果我是枯朽之木，你应该是新生之木吧。"

他只是在形容年纪吗?

真是讲得拐弯抹角。

不，其实并没有拐弯抹角。不过我总觉得，他似乎故意用只有自己听得懂的方式在讲话。

"那个，如果您有事要拜访神原家——"

"嗯，你在最近的年轻人里算是很有礼貌的，而且还会表达关怀之意，很有趣。但你不需要如此关心我，我并不是有事情要拜访这里。"

贝木以毫无抑扬顿挫却沉重的语气继续说道："只不过，我听说那个姓卧烟的女性的孩子住在这里，虽然不是要采取某种行动，不过我想观察一下状况。"

"卧烟……"

这个姓氏。

记得是——神原母亲的旧姓?

那么他说的孩子——就是神原骏河了。

他最初问我是不是"这家的孩子"，原来是这么回事——既然这样，就表示贝木甚至不知道神原是男是女就前来拜访。

"但我白跑一趟了。"

贝木如此说着。

就像是已经看穿了对方的斤两。

“几乎感受不到气息，大约只有三分之一，那么应该可以扔着不管——不，也只能扔着不管了，很遗憾并不值钱。这次的事件令我得到一个教训，所谓的真相即使正如预料，依照状况也可能毫无价值可言。”

接着，贝木转身背对神原家踏出脚步，快步离开现场——速度快得惊人。与其说是办完事情，更像是事情用不着办了。

“那个……”

至于我则是和他相反——动也不动停留在原地好一会儿。并不是不想采取行动，而是犹豫着是否要采取下一个行动。

直到贝木的身影完全消失。

我才终于回想起来。

说“回想”或许不太对—— 是“联想”。

我联想到那个令人不舒服的夏威夷衫大叔。

忍野咩咩。怪异的专家，在这座城镇停留数个月，如今已经离开这座城镇。

“不对，他和那个邋遢的忍野完全不一样，而是更像——”

更像另一个人。

除了忍野之外——内心浮现的另一个人选。

我在脑中描绘这个人的讨厌身影。

从贝木这个人联想到的对象——那名疯狂的宗教分子。

“奇洛金卡达……”

这是我不愿回想的名字，却也是我忘不了的名字。

“不过，忍野和奇洛金卡达，也是完全不同的类型……”

共通点几乎是零。

即使加入贝木也毫无共通点。

到了这种程度，我甚至会质疑自己，为什么会从贝木联想到忍野与奇洛金卡达。

“去追吧。”

去追他。

并且——多问他一些事情吧。

想到这里，我开始踩起自行车的踏板——但方向与贝木离去的方向完全相反。

简直像是口是心非。

就像是基于自身意志，想把这件事当作与自己完全无关的事，刻意从贝木身边逃离。

虽然是直觉，不过——我觉得不能和那个人有所牵扯。

触霉头，令人不自在的丧服。

然而，不止于此。

因为我还感受到了——不祥。

不祥。换个意思来说就是——凶。

“不提这个，但是走这条路，完全和我家方向相反……”

打扫完神原的房间后，我已经打算回家了，不过走这条路就要兜一大圈才能到家。就算这样，事到如今我也没有什么想去逛的地方——何况书店也在另一个方向。算了，就当成是兜风，挥霍一下宝贵的休假时间吧。

不过，关于那名男性的事情，是不是应该知会一下神原？按照刚才那种不负责任的语气，贝木应该已经不会再接近神原家了——要是提供这种未经证实的可疑人物情报，或许只会令神原莫名地提心吊胆。

可是，考虑到今后万一发生点什么——我不由得觉得应该谨慎一点。

毕竟那个家伙是女孩子。

嗯，回家打个电话给她吧。

我一边思考，一边从坐垫起身踩踏板攀爬坡道。这时一个和我相对，从正前方要走下坡道的身影映入我的眼帘。

及膝的裙子，加上长袖针织上衣。长发在脖子的高度固定，面无表情仿佛戴着铁面具。似乎是心情差到极点才会有的表情——其实用不着花这么多篇幅来形容，我也认得出这个人。

战场原黑仪。我的女友。

“今天老是遇到认识的人。”

该不会是最后一集吧？

遇到八九寺是凑巧，遇到千石与神原，也是我心血来潮造成的偶发事件——如今又遇到战场原，今天到底是什么日子？

还是说，羽川临时取消行程是非常严重的事情，严重到必须遇见这么多人才能弥补？

真是如此的话，羽川的分量实在了不起。

“喂——战场原！”

对方似乎还没发现，我试着挥手呼唤她。

大概是听到我的声音，她抬起头看向我——然后就这么转弯进入巷子，从我的视线范围内消失。

“慢着！喂喂喂喂喂喂喂！”

我全力踩踏板，无视陡峭的坡道追着战场原。

“别这样，我真的会很沮丧啦！”

我赶上之后挡在战场原前面。

至于战场原，则是用冰冷得像是能令人冻结的视线看着我。

不用咏唱咒语就能发挥这么强大的冷却威力——这家伙是魔法师吗？

“喂，战场原……”

“我不认识这种不学习在这里闲晃的人。”

“啊，没有啦……”

大小姐动怒了。很明显对我动怒了。

“这、这是误会……”

“给我闭嘴，没什么误会还是舞会，如果是我的课就算了，居然逃避羽川的课不去上，再蠢也要有个限度才对，我已经失望了。不对，其实我原本就对阿良良木没有抱持希望，连一丁点都没有。”

“不是的，羽川今天好像有事要忙，所以我今天休假。”

“你的借口我听腻了，无能的家伙。”

战场原用这句话狠狠唾弃我。

不对。

你说听腻，但我不记得之前讲过什么和应考相关的借口。

“阿良良木，你终究是一个只会耍嘴皮子的人，居然被你这种人夺走芳心，这是我毕生之耻。”

“拜托不要理所当然就讲出这种话，如果不是我而是别人，听到这种话大概就自杀了……”

“哈，你这虫子。”

战场原抬起头，像是打从心底瞧不起般扔下这句话，然后背对我的自行车，往坡道的方向走回去。原来，她刚才走进巷子只是为了回避我而已。

我当然不能坐视战场原离开，连忙追了上去。

“原小姐、原小姐。”

“什么事，啾拉拉木？”

“啾拉在冲绳方言里是‘漂亮’的意思，不要用这种方式叫我，我的名字是阿良良木——慢着，这是八九寺的段子吧？”

“抱歉，我口误。”

“不对，你是故意的……”

“口误咒你死。”

“果然是故意的！”

战场原头也不回。

火冒三丈。

不对，她应该不是怀疑我“羽川临时取消今天的家教”的说法，只是因为她已经表达愤怒的情绪，事到如今难以收回吧。

这种个性真令人伤脑筋。

如果是月火那样的歇斯底里，那么情绪平复的速度也会很快——不过这家伙打从骨子里是这种个性。

“战场原，你啊……”

“有个奇怪的家伙一直跟着我。”

“喂喂，说我是奇怪的家伙？”

“有个奇怪的矮子一直跟着我。”

“你终于说出矮子这种字眼了！”

我个子矮的事实曝光了！

“有什么关系呢？反正改编成动画之后，阿良良木甚至比我矮的事实就会公诸于世了。”

“反对动画化！要是失去原作的味道怎么办？！”

哎。

虽然只差几毫米，不过确实如此。

话说，原小姐在女生之中算是很高的。

即使比不上火怜。

“并不是什么作品都可以改编成动画吧！现在的书只要在书腰印上动画化三个字就能大卖，正因为是这样，我更想欣赏并非改编的原创动画！”

我从来不曾激动到这种程度。

但是个子高的家伙不会理解这种心情！

买鞋子的时候，总是会不经意挑选鞋底厚一点的款式！

“总之，或许是我杞人忧天吧。反正阿良良木在动画版会被删掉。”

“主角会被删掉？”

“对……如果以银河天使来作比喻，阿良良木就是塔克德·麦雅兹。”

"我不要！我不要受到那种乖舛待遇！"

"如果不介意乌丸千岁之类的角色定位，那也可以帮你安插一下喔？"

"要接受那种凄惨的安排，我宁愿不演！如果是诺麦德那种还可以考虑！"

"原来如此，阿良良木不惜如此也想知道咸牛肉罐头的形状[①]。"

"不可能是这样吧！"

话说你真的有这种权限吗？

你是一线女星？能够自由安排配角？

真恐怖。

"好了好了，阿良良木，别这么生气，俗话说有失必有损。"

"这样是雪上加霜吧！"

"放心，虽然阿良良木不会登场，不过相对的，剧中会有可爱的吉祥物角色。"

"只是为了给推出精品铺路吧！"

"何况阿良良木又不是主角，把自己想得这么伟大，你以为你是谁？"

"唔……"

也对。

真要说的话，比较像是主持人。

即使战场原走得再快，但我是骑自行车，所以很快就追上了。原本想再度绕到前面，不过想想用不着这么做，所以我放慢速度紧跟在她的身后。

"总之，如果我可以不用登场就别登场吧……我会在屏幕外面，用心观摩你在片尾曲面无表情跳舞的模样。"

"咦？我没要跳舞啊？"

---

① 在动画《银河天使》里，一直没说明咸牛肉罐头外包装与寻常罐头不同的原因。

“……”

“为什么非得做那种事？好丢脸。”

“……”

好帅！黑仪小姐好帅！

“观摩舞蹈的是我才对，而且等到大家跳完之后，我会在最后一幕说出这句话——‘不准在车站跳舞！’”

“我知道这是某个咖啡品牌的早期广告，不过在这个时代，已经没几个人听得懂你用的题材了！”

“不过都已经铺陈到这种程度，如果到时候真的在片尾曲跳舞，反而会令观众失望吧？”

“你到底要怎样才满意！”

简直是贪得无厌。

这不叫铺陈，叫做要任性。

“受不了……真是搞不懂你。不对，应该说你很好懂。”

“怎么啦，阿良良木对‘造福于自然的有毒气体警报’战场原黑仪的言行举止，有什么话要抱怨吗？”

“这是什么鬼标语！”

“改成‘造福于不自然’比较好吗？”

“两种都不好！”

你这种人无论做什么事，都不会造福任何东西。

“希望你不要误会了，我真的非常讨厌阿良良木这种人渣。”

“这该不会是真心话吧？”

“只是有人说，比起和心爱的男性在一起，女性和没人爱的男性在一起比较幸福……”

“前后不太一样吧！”

没人爱的男性是怎样？

不准胡说八道！

“开玩笑的。”

“哎，如果是开玩笑就无妨……”

“阿良良木是个受到异性喜爱的万人迷。”

这句话有没有带刺？

“哼！哼！哼……”

战场原面无表情地哼出这种毫无诚意的歌声并伸出手，像是在施展铁爪功一样抓住我的头。

然后面无表情地凑到我的面前。

注视着我的双眼。

“盯……”

战场原自己配出这种音效。

然后——

“三人……不对，五人吧？”

她这么说。

“什、什么意思？”

“今天和阿良良木玩的女生人数。”

“……”

这家伙有超能力吗？！

可是，总共也有八九寺、千石和神原三人而已……啊，火怜与月火也算进来了！

真是厉害！

“严格来说……六人？”

战场原歪过脑袋如此说着。

看来似乎把神原的奶奶也算进来了。

与其说严密，应该说太严苛了。

“然后，我要基于这样的推测再度强调：阿良良木是个受到异性喜爱的——万人迷。”

“……”

面无表情真恐怖。

甚至觉得瞳孔微微放大。

“呵呵……”

轻轻的——还以为战场原要收起铁爪功，她却在下一瞬间，把刚才的手插进我的嘴里。

除了拇指以外的四根手指入侵我的口腔。

“尽管放心吧——阿良良木，或许你会觉得意外，虽然我看起来这个样子，其实对于花心行径还挺宽容的。”

“我、我并没有花心，顶多只有泳圈[①]……”

我原本想讲个漂亮的文字游戏，却完全讲不出来。

“这样啊。为了避免沉溺于名为爱情的大海，阿良良木总是得抓着泳圈不放……”

“你不要讲得这么漂亮啦！”

这是在帮我搭腔吗?！

“还是说并非大海，而是水池？隐喻将女性 pool（储存）起来的意思。”

“不，我并没有想得这么深入。”

我连 pool 有储存的意思都不知道。

上了一课。

“不过实际上，阿良良木的身边都是女生。”

“是、是吗？我觉得并没有……”

“但阿良良木手机里的通讯录只存着女生的名字吧？”

“不准擅自偷看别人的手机！”

这么说来，神原好像也说过类似的事情。

难道这是大家的共识吗……是的话就太悲哀了。

“这或许在所难免吧。因为依照角色设定，阿良良木是一个对女生亲切却对男生冷漠的人。”

---

① 日文花心（uwaki）念法对调一下就变成泳圈（ukiwa）。

“别这样！请不要造谣打击我的名声！”

这是诽谤中伤！等同于毁损名誉！

“反正阿良良木看到男生遇到困难的时候，应该只会随口讲出‘是喔，那就加油吧！’这种话鼓励，然后就早早回家吧？”

“不要讲得像是亲眼见过一样！”

“就算男生说‘救救我！’你大概也只会说‘嗯——还是另请高明吧’这种话吧？”

“并不会这样！”

“虽然我看起来这个样子，其实对于花心行径还挺宽容的。”

我偏袒异性的嫌疑尚未澄清，战场原光是重复一次相同的话语，就把话题完全拉回来了，真恐怖。

居然讲这种话破坏我的形象。

如果被当真怎么办？

“所以，阿良良木要和谁怎么玩，都是阿良良木的自由——但如果这份花心有丝毫认真的成分在，我饶不了你。”

“……”

受不了。

她绝对不是在开玩笑——甚至达到令我受不了的程度。

并不是因为不知道她认真到何种程度，而是不知道她为何如此认真。

“别担心，我到时候会给你写遗书的时间。”

“我没有担心这种事！”

“黑仪小可爱的倒数计时……还剩四秒。”

“四秒哪写得出遗书啊！”

“这是基本条件。”

“这种基本条件太严苛了吧！”

战场原从我的嘴里抽回手指。

“我丝毫不相信死后世界的存在。”

“这样啊……”

哎。

你应该是如此吧。

应该不得不这么说吧。

“我只是希望阿良良木能够明白——和我交往就是这么回事。”

“我明白的。”

我点了点头。

这种事情用不着多说。

这样的风险——确实存在。

你永远都是美丽的刺。

“我根本没有花心。”

“哎呀，这样啊。”

战场原冷淡地点了点头。

完全无法解读她的表情与内心。

“那就好。”

她如此说道。

“只要阿良良木没有忘记自己到底属于谁——我就别无他求了。”

这番话听起来，甚至有种让步的感觉。

以战场原的个性，可以说是很难得的事情。

不过同时也可以说——很像她的风格。

“我正在尽我所能，努力成为配得上阿良良木的女人——可以的话，希望阿良良木也能和我同样努力。”

“努力啊……”

忘记是什么时候了，八九寺曾经讲过类似的事情。

为了能够继续喜欢下去的——努力。

这绝对不是表面功夫。这是一种无上的诚实。

“有的。”

我如此回答。

仿佛宣誓般，一字一句清楚说道："我从来没有忘记——自己是谁的男人。"

"哎呀，这样啊。"

对于我的答复，战场原再度冷淡地点了点头。

仅止于此。

对她来说，似乎这样就够了。

"顺带一提，阿良良木，刚才的话题放到一边，最后我要讲一件事给你做参考。"

"嗯？"

"自己的男朋友受到异性欢迎——站在女朋友的立场，挺痛快的。"

"完全是你的真心话吧！"

即使是进行这样的交谈，战场原的表情也几乎没有变化。

控制颜面神经的道行炉火纯青。

总之，在这个话题告一段落之后，我问战场原："你这是去哪里呢？"

"买完东西正要回家。这种事你看不出来？所以我才讨厌无脊椎动物。"

"脊椎这种玩意我当然有吧！"

何况，这种事我哪看得出来？

除非你手上提着购物袋。

"那就坐到后面吧，我送你回家。"

"后面？"

"自行车后面。"

"啊……这辆铁马是吧？"

"一定要换个说法吗？"

"免了。裙子可能会被卷进去。"

对哦。今天战场原穿的裙子长到脚踝，而且是飘逸的喇叭裙。

无论是制服、便服或是哪种服装，战场原基本上只会穿长裙。如果是穿比较短的裙裤，也绝对会搭配裤袜。

从来不会让双腿裸露出来。

不过回顾她经历的往事，终究也可以理解。

“阿良良木。”

看来谩骂至今总算消气了，战场原终于主动打开话匣子。虽然语气依然平淡，不过无论是否在生气，基本上这家伙讲话不会有情绪上的起伏。

“先不提升学考试的准备——文化祭结束又进入暑假，不觉得我们的高中生活，也终于要迎来毕业阶段了吗？”

“嗯？啊，这么说来也对。”

老实说，我整天学习得没空注意这种事。

不过仔细想想，确实已经进入这个时期了。

“总之我的出席天数应该达到标准了——大概不会留级了。”

“明明留级就可以当笑话的。”

“不准当笑话看！”

“居然放过这个最精彩的舞台……也不想想你综艺节目做多久了。”

“我并没有把高中生活当成综艺节目！”

“说到我高中生活的回忆……”

战场原忽然抬起头，仿佛开始陷入回忆之中。

接着说道：“可能就还是弹橡皮吧。”

“弹橡皮并不是高中生还在玩的游戏吧！”

弹橡皮就是把橡皮擦放在桌上用手指弹打，试着把对手的橡皮擦弹到桌外的游戏——以防万一还是说明一下。

“怎么了，阿良良木，被称为弹橡皮女王的我，可以把你这句话当成是对我的侮辱吗？”

“对一个女高中生来说，被冠上弹橡皮女王这种称号更加侮辱吧！”

“我在放学之后一个人默默特训而成的弹橡皮技巧无人能敌。”

“不要让我听到这么悲哀的往事！”

“只不过没人陪我玩，所以从来都没有比赛过。”

“我的眼泪快掉下来了！”

“说话的时候要小心点。不然我会犯下滔天大罪，而且供称是受到阿良良木喜欢的漫画作品影响。”

“你要用漫画家当人质？”

“弹橡皮暂且不提，从高中毕业之后，就再也不会对‘换座位’这三个字充满期待，想到这里我就感觉到一丝落寞。”

“毕业对你来说，就只是这种程度的事情吗……”

不过战场原的高中生活，超过三分之二——正如字面上的含意，一片空白。

什么都没有。

包括回忆——什么都没有。

轻如鸿毛——仿佛一吹即逝。

“话说回来，像你这样的人，应该不会对换座位有所期待吧？”

“算是吧。因为即使座位改变，我也不会有所改变。”

讲得像是意义深远，实际上只是理所当然的陈述。

正因如此。

你变了很多——这句话已经不用我多说了。

“毕业之后考上大学——啊，不过还不确定阿良良木是否考得上大学。”

“后面的补充是多余的。”

“从大学毕业之后——就能成为大人吗？”

“大人……”

“大人与小孩的差别在哪里？”

战场原提出这个问题。

似乎并不是想要寻求答案。

应该只是想到什么就脱口而出。

“谁知道。虽然并不是没有想过——不过像是这种问题，就算想过也完全答不出来。”

“我是这么认为的。”

战场原以认真的语气说道：“同样是《风之谷》，看电影版的是小孩，看漫画版的是大人。”

“你用认真的语气讲的什么话！”

“顺带一提，我已经是大人了。”

“看来我还是小孩！”

对哦，这家伙其实看了不少书。

“记得你什么书都看吧？无论是小说、漫画还是商业书籍。”

“是的，我不会看的只有气氛。”

“居然漏掉最重要的东西不看！”

“老是误解字义，只看每行中间的空白。所以都只是在看汉字标音。”

战场原如此说着。

这搞笑的级数太高了。

气氛的标音是什么玩意？

“不过我即使不会看气氛，也擅长令场中气氛冻结。”

“人类不需要这种技能！”

“刚才说到的《风之谷》，漫画版的库夏娜比想象的还要善良，让我吓了一跳。我原本以为那个人和我是同一类人……结果反而是敌人。”

“无论是电影版还是漫画版，库夏娜应该都不想被你当成同一类人。”

“阿良良木也一样，不要老是依赖周五晚间剧场，建议你早点成为大人。”

“不要劝我这种念书应考的考生看漫画！”

“比起念书应考，世界上肯定有其他更重要的事情。”

“中肯！”

虽然中肯，但要是我本人讲出这句话，你肯定会气坏吧！

“《风之谷》里‘居然现在就烂掉，太快了’这句名言，是真的有所体会后才有的感动，这份感动确实令人们有所成长……反过来说，看完漫画才看电影的人，对这一段会有什么感想？”

“我哪知道！”

“给我稍微试着知道一下吧，真是的，就是因为这样，阿良良木不管过多久都是个小孩子。”

“经常有人这么说我——”

不管过多久——都无法成为大人。

小孩子。

不。

记得今天，月火对我说过相反的话。

“不过……”

“话说，阿良良木为什么会在这里？你对这片地方应该不熟吧？”

战场原非常干脆地切换了话题。

切换得太随兴了。

“看不出来吗？”

虽然不是想要还以颜色，但我试着说出同样的话。

“很遗憾，我没学过微生物行为学。”

然后，被反击了。

看来我刚才做了毫无胜算的挑战。

居然说我是微生物……

“如果真的要加以推测……我想想，以阿良良木的个性，应该是犯下轻罪之后正要回家？”

“只是想稍微散个步，为什么要犯下轻罪！我刚去了一趟神原家，现在正要回家。”

如果告诉她我去过千石家的事情，恐怕话题会扯远——何况战场原与千石目前没有交集。咦？说不定她们甚至不晓得彼此的存在。

哎，既然这样更不用说出来了。

不应该把这么可怕的姐姐，介绍给乖巧小公主千石认识。

“这样啊，是在神原家犯下轻罪。”

“并没有！”

“这样啊。也对，你不会在神原家犯下轻罪。”

“明白就好……”

“她现在头发留长，变得很有女人味……接下来只要想办法改掉她的阳刚语气就完美了。”

“我对神原骏河改造计划没什么意见——不过关于语气这方面，我觉得神原维持现状比较好。”

“想到那是专属于我的东西，就令我感到骄傲。”

“她不是专属于你的东西吧！”

继续讲下去，我可能会说漏嘴。

稍微转移话题吧。

“话说，我在神原家门口看到一个奇怪的家伙。”

“咦？神原家门口几时挂镜子了？”

战场原歪起脑袋，像是在认真询问——真是拿她没办法。

“与其说是奇怪的家伙……不如说是不祥的家伙。”

“不祥？”

战场原缓缓地转身看着我。

我对她的这个动作不以为意，而是继续说道：“记得叫做——贝木？”

然后，我的记忆——在这里中断。

010

回过神来时，我已经被绑架监禁了。

补习班废墟的四楼。

双手被手铐固定在身后。

向战场原确认过了，我似乎没有昏迷太久——顶多只有几个小时。

换句话说，我是在七月二十九日的深夜清醒过来的——应该说是七月三十日的凌晨。

即使如此，只要能够回想起记忆中断的那一瞬间，接下来就全部串成一线了——简单来说，我应该是随后就遭到战场原的重击。

二十下。

居然整整二十下，真恐怖。

我觉得我肯定挨了第一下就昏迷了。

不过战场原并没有空手格斗的技能，所以可以推测她很有可能利用了某种凶器。想到任何念头就立刻做出决定付诸行动的战场原，字典里没有犹豫这两个字。

毕竟她曾经为了自保而历经各种炼狱——比起把我打昏，把我搬运到这里应该更为辛苦。

我事不关己似的思考着这样的事情。

“总之，我已经回忆起绑架监禁事件的来龙去脉了。”

我朝着眼前面不改色的战场原投以询问。

“不过还有一个问题没有厘清。为什么要绑架监禁我？”

“咦？什么事？”

“你是在对谁打什么迷糊仗啊！”

完全没有达到装傻的效果！

甚至搞不懂你的用意！

不过战场原完全不把我的呐喊当一回事，也完全没有回应的意思，径自打开纸尿布包装。何其恐怖。

话说……

其实回想到这种程度，我已经大致推测得到了。

“叫做贝木的那个人。”

我如此说着，并且慎重观察战场原平常几乎不存在的表情变化。

“你认识他？”

“先不提这个，阿良良木，要喝红茶吗？记得阿良良木喜欢某种名字很像关西知名祭典的红茶吧？”

“要打迷糊仗也好歹做点功课吧！这里从茶杯茶壶热水到茶叶都没有吧！”

而且是大吉岭红茶！不是岸和田彩车祭的彩车！①

“我以为在阿良良木这里可以蒙混过去的。”

“你到底有多瞧不起我？”

“好像会把 amenity（便利设施）这个单词当成某种红茶。”

“把我当笨蛋也要有个限度吧！”

“不过在这种场合下，并不是把你当笨蛋，而是好好先生。”

战场原如此说着。

面不改色。

“如果你愿意不过问，我会很感激的。”

“如果应该这么做，我就会这么做。但我必须问吧？因为这件事居然逼得你非得采取这种行动不可。”

为了保护我。

---

① 日文彩车祭的“彩车”和“大吉岭”音近。

因为想保护我——所以战场原绑架并监禁了我。

“能让你做到这种程度，事情绝对不简单。”

“是吗？如果对象是阿良良木，即使不需要任何理由，只要随便有个借口，绑架监禁这种事，我可以随时面不改色地做出来。”

“……”

嗯。我刚才也是还没说完就如此认为。

但如果我同意这一点，话题就没有进展了。

“贝木泥舟。”

战场原移开目光如此说着。

“这是他的全名。贝木这个姓氏并不常见，再加上你说出不祥这种形容词，那就肯定没错——如此适合‘不祥’这两个字的人，就我所知别无他人。”

“……”

“对，就像阿良良木一无所知……”

慢着。有必要无视话题讲我坏话吗？

看来她真的不会看气氛。

恐怖的家伙。

“没想到他居然会回到这座城镇，该说意外还是无法理解——实际上，我连想都没有想过。”

“他是一个什么样的家伙？难得看到你讨厌某个人到这种程度。”

“你以为地球上有谁会不被我讨厌吗？”

“总之要是你这样回我，话题就进展不下去了。”

“至于贝木这个人——是骗子。”

仔细考察至今的对话，就会发现一件事。

战场原的谩骂，与其说在这种状况依然和往常一样犀利，不如说蜕变得更加毒辣。

要说隐藏着某种隐情——确实有。

某种不能以平常心讨论的隐情。

某种战场原不愿意认真陈述的真相——战场原或许正准备陈述出来。

“我背负的问题，已经由阿良良木——以及忍野先生帮忙解决了。”

“对。”

其实从普通意义上来说，或许不能叫做解决，但既然战场原说已经解决，那就当作解决了吧。刚才那番话只有一个地方需要修正，解决问题的不是忍野也不是我——而是战场原自己。

“然后，我没说过吗？在阿良良木介绍忍野先生给我认识之前——我遇到过五个骗子。”

——截至目前。

——有五个人对我说过相同的话。

——那些家伙全部都是骗子。

——你也跟他们是同类吗？

——忍野先生。

记得战场原首次见到忍野的时候，曾经对他说过这番话。

五个骗子。

“贝木就是其中之一——第一个骗子。”

原来如此。

难怪这个人与忍野和奇洛金卡达有相似的气息。

战场原面临的问题，归根究底来说，是螃蟹。

是名为“怪异”的问题。

忍野咩咩和奇洛金卡达，无论是立场或工作态度都完全不同，此外忍野擅长应付各种怪异，奇洛金卡达则是专门对付吸血鬼——

不过两人都是对付怪异的专家。

至于贝木——贝木泥舟也是如此。

不过是真是假——就暂且不提了。

“是假的。”

战场原如此断言。

毒辣断言。

“不过以骗徒来说，他非常高明。我啊，连同整个家庭——被那个人害得很惨。被耍得团团转之后，还被他骗走了钱，然后他什么都没做就音讯全无。”

我试着回想那个好似穿着丧服的不祥男性。

贝木泥舟。

“而且因为是第一个人——所以我也抱持着很大的期待，于是后来受到的打击非常大——不过，这都是无关痛痒的小事。”

“那么，有关痛痒的大事是什么？”

“我……”

战场原回答我的询问。

毫不犹豫。

“我不希望阿良良木和那个人有所牵扯，就只是这样而已。”

“……”

“我再也不要——让重要的事物离开我身边了，我再也不想失去了。所以……”

战场原稍作停顿。

仿佛立誓一般继续说道：“所以我会——保护阿良良木。”

就像是对自己许下的承诺。

我无法回应。

并不是已经接受她的做法。

也不是已经理解她的说法。

战场原以前——曾经让重要的事物离开身边。

这段经历，对她而言，很沉重。

沉重，而且疼痛。

对于凡事毫不犹豫，也因而几乎未曾反省的她而言——这可以说是唯一的污点。

所以，现在的战场原，真的是不折不扣地——

是为了我而做出这种举动。

只有这一点是千真万确的。

“贝木那个家伙……问题有这么严重吗？为什么你不想让我遇见他？”

“这个嘛，对于正义超人阿良良木来说，他带给你的刺激太强了。”

“正义超人……”

这是什么称号？又不是火炎姐妹。

“至少在确认贝木的意图之前——确认他为何回到这座城镇之前，希望阿良良木能乖乖待在这里。不，即使贝木毫无目的，在他离开这座城镇之前，希望阿良良木都能待在这里。”

“如果贝木是搬来这里长住呢？”

“到时候……”

她似乎没有考虑过这种可能性。

战场原思索片刻，然后语出惊人。

“阿良良木将会一辈子住在这里。”

“喂，原小姐……”

“或者……”

她以毫无起伏的语气说道：“杀了贝木。”

“慢着……”

不要面不改色地使用“杀”这个字。

“我想想……不然就把贝木啪叽掉吧。”

“啪叽是什么！”

用可爱的拟声词来形容也不行！

不行就是不行！

“何况，贝木这个人是什么样——”

就在战场原终于说出这种危险的话语，我则是维持着上铐姿势，要求她进行更进一步的说明的时候。

就在这个时候，响起手机铃声。

声音来自我的牛仔裤口袋，是收到邮件的铃声。

“我可以看吗？”

听到我这句话，战场原稍微停顿片刻，虽然没点头，却朝着我的裤子伸出手，把手伸进口袋摸索。

“不对不对！你摸索过头了吧！”

“太里面了，我拿不出来。”

“我口袋没这么深吧！”

“这样啊，原来阿良良木的人生和口袋都没深度。”

“一定要中伤我几句，才愿意帮我拿手机吗？”

总之，她帮我拿了。

她直接给我看手机界面。

如果没有进行相应的操作，当然就没办法阅读邮件内文——然而只要看到显示在待机画面的寄件人和住址，对我来说就足够了。

“from：小妹 /subject：救命！”

铿的一声。

就在这一瞬间，束缚我双手的手铐锁链——断了。

锁链被轻松截断。之后——

我站了起来。

“阿良良木。”

看来战场原终究是吓到了，不过她完全没有慌乱的样子。

只是用力瞪着起身的我。

“要去哪里？”

“我有急事，游戏到此为止。抱歉我要回家了。”

“你以为你回得去？”

“我要回去，回到我的家。”

以及，回到我的家庭。

“话说在前面——我可没有胆小到因为对方是吸血鬼就害怕，也没有善良到因为对方是男朋友就迟疑。”

“我知道，所以我才会喜欢你。”

“呵呵……”

战场原反而开心地发出了笑声。

就像是找到了能像这样从正面宣泄情感的对象而喜悦无比——虽然只有一点点，但战场原对我展露笑容了。

“想通过这里得先打倒我——阿良良木做得到吗？”

“我会过去的。这句话要摆出拱桥姿势来讲才有效。就像你想要保护我，而我也有我想要保护的事物。”

曾经失去宝贵事物的经验，可不是只有你一个人有。

“你以为这种话就能说服我？”

“没必要说服你吧？”

“这就难说了。希望你不要认为我是非常通情达理的女人。”

“不过战场原，你是喜欢上我的哪一点呢？”

我直直地回瞪战场原，如此说道。

“如果我待在这里不动，你能够骄傲地说你喜欢我吗？”

“天啊，这样好帅。”

战场原轻声说着。

慢着，拜托不要忽然卸下面具。

我会不好意思的。

“如果我是男的，我就会爱上你了……”

“拜托用女生的身份爱我吧！”

“我确实爱你啊！”

“嗯……”

在紧绷的气氛中，我们彼此陷入无法形容的尴尬沉默，随即被战场原握在手里的手机再度响起，不是收到邮件的铃声，而是来电铃声。

“喂？现在正忙。”

由于铃声很吵，所以战场原擅自接听电话，以毫无情感的声音朝电话另一头扔下这句话。

原本以为她会直接挂电话——

但是战场原的动作静止了。

不，她原本就面无表情地静止在原地。

看起来却像是——有所动摇。

不过，在受到囚禁的我起身时，也依然面不改色稳如泰山的战场原——居然会动摇？

“没……没有。”

回答的声音也没有力道。

难道是电话另一头的人对她说了什么吗？

这通电话到底是谁打来的？

我一直认定是月火，然而——

“我——没那个意思，这是误会。我从来没有说过这种话吧？是的，嗯—— 一点都没错，你是对的。等一下，用不着那么做，和说好的不一样。住手，求求你，给我一点时间。明白了，全部依照你的吩咐……这样就行了吧？”

接着战场原结束通话。

宛如看开一切闭上眼睛——就像是要发泄情绪，把我的手机扔了过来。

我抱持着不明就里的心情观察战场原，但她似乎连我的视线都嫌烦。

“阿良良木，你可以回去了。”

她如此说着。

真的是不明就里。

不过至少有件事是真的——那就是战场原移动身体，让出了通往门口的路。

“可以吗？真的？”

“可以……那、那个，阿良良木，该怎么说，就是……”

此时的战场原一副违背己意的模样。平常总是以毫无情绪起伏的语气说话的她，以令人不敢置信的结巴语气说道：“对……对不、对不……起。”

看来，似乎是刚才来电的对象强迫她向我道歉——对于战场原而言，听从这个命令不知道是多么令她苦恼的决定。她紧紧咬住下唇，全身因为屈辱而颤抖。

我不希望她这样强忍着向我道歉……

“那个……原小姐，顺便问一下，刚才的电话是谁打来的？”

对于我的问题，战场原简短答道：“羽川同学。”

011

月火写邮件求救。

换句话说，就是火怜出事了。

我连忙赶回家里——顺带一提，我向战场原询问当时我骑的自行车到哪里去了，她说路上刚好有个垃圾集中区，所以把自行车停在了那里。

居然做出这种事。

圣殿组合的职业，该不会是处分我的自行车吧？

结果我只得询问垃圾集中区的地点，特地绕过去骑车回家——虽然以路途来说是绕远路，但是这样也比我直接走路回家来得快。

我当然没有忘记送战场原回家。

即使对立，她依然是我的女友。

深夜时分。距离拂晓还有很久。

白天的时候，我得瞒着月火骑自行车溜出门，到了这个时间，我反而得瞒着父母溜进门。不过我家对我采取放任主义，所以我这样也可能是多此一举。

不过，偷偷摸摸的行径也很重要。

对于自觉愧疚的事情，就应该展现出相应的态度……不对，总觉得这样非常小家子气。

总之我悄悄打开玄关大门，悄悄穿过走廊，悄悄上楼，悄悄溜进妹妹们的房间。

火怜与月火住一个房间。

"我是正确的。"

阿良良木火怜劈头如此说着。

她盘腿坐在双层床的下铺，像是闹别扭似的鼓起脸颊噘嘴，这种态度就像是因为莫须有的罪名而接受审判。

她的脸颊微微泛红。

看起来甚至像是心情很差。

"我又没有做什么会惹哥哥生气的事，虽然月火好像多嘴乱讲话，不过这跟哥哥无关，所以不用管我。"

兄妹万岁。

即使是战场原，在这种状况下也会道个谢。

你知不知道我是脱离多大的危机赶回家的？

火怜已经把外出的运动服换成居家的运动服了。你到底多爱运动服？你是牛吗？①

"火怜……"

月火担心地叫着她的名字。

这边看起来就很明显处于消沉状态——应该是她找我帮忙，所

① 日文运动服的外来语为 Jersey，该单词也是乳牛品种之一。

以火怜对她说了几句吧。火怜与月火很少起冲突，不过在极少数意见相左的时候，果然是年纪比较小的月火屈居下风，这种长幼有序原则是无可奈何的，说得更坦白一点，她们分成实战与参谋也没有意义。

哎，这方面暂且不提。

“总之有什么事情说来听听吧。白天我们分开之后，你到底发生了什么事？你不是要讲英勇事迹给我听吗？”

即使看过月火邮件的内文，我依然抓不到重点，只知道火怜遭遇麻烦，其余一无所知。

就我看来，她似乎没受伤。

不过以这两个家伙的状况来说，不能因为表面没事就放心。

火怜无视我的催促。

啊——挺气人的。

“我再说一次，大只妹，把你发生的事情说出来。”

“我！才！不！要！”

火怜吐舌对我做了一个鬼脸，也没忘记用双手食指把下眼睑往下拉。我说啊，这是初三女生会有的举动吗？

我气得忍不住举起手。

“阿良良木。”

此时，靠在房间窗边的羽川，阻止了我。

用话语阻止我。

“阿良良木，记得父亲打我的时候，都是因为对我很生气。那么现在的阿良良木，是基于什么原因要打火怜妹妹？”

“……”

我哑口无言僵在原地。

“我觉得体罚依照状况有其必要性，所以如果阿良良木能够说出一个火怜应该被打的理由让我接受，我当然不会再过问。”

“我错了。”

“该道歉的对象不是我吧？”

在羽川这番话的催促之下，我转身面向火怜低头说道：“抱歉，我太冲动了。”

继战场原之后，我也被羽川强迫道歉了……该怎么说，虽然并不是基于长幼有序的原则，不过我身边人的阶级关系，从这一点就清楚可见。

不过，战场原竟然位于羽川之下，这让我感到很惊讶。

虽然一直觉得战场原不擅长应付羽川——但我原本以为只是调性不合。

然而，虽然说得很不甘愿，不过羽川居然能够令自认没错的战场原道歉——这应该已经不只是调性的问题了。

羽川翼。

和我同年级——也是我的同班同学。

成绩是全学年第一——不仅如此，还曾经在全国模拟考中拿过第一。

战场原曾经以真物形容她这个人——并且称她是怪物。虽然我对后面追加的部分提出强烈异议，不过我也举双手赞成羽川很真实。

只有她，毫无任何虚伪的要素。

我——曾经在春假受过她的救命大恩。不，不是夸张的说法，如果没有羽川，我已经死了——即使肉体活着，精神也肯定处于死亡状态。

她不只是我的恩人。

对我来说，就像是第二位母亲。

她并不是让我免于一死，而是让我脱胎换骨——我如此认为。

羽川是我们班的班长（顺带一提，我是副班长，而且是羽川力排众议任命的），而她的外形也简直是班长中的班长，眼镜、麻花辫和剪齐的刘海，怎么看都是一副优等生的样子——直到文化祭结束为止。

文化祭结束之后，羽川剪头发了。

头发剪短到齐肩，前额头发也改成羽毛剪造型。

眼镜换成隐形眼镜，制服虽然没有修改，却在学校指定的书包上挂了吊饰。或许有人认为这样没什么，不过这是非常明显的变化。

就像是太阳今天从西方升起这种程度的变化。

实际上，私立直江津高中创校至今首见的才女改变造型，据说导致级任导师昏倒、学年主任住院，连校长都写好辞呈以示负责，学生之间流传得煞有其事。

这些传闻的真实性暂且不提。

至于在班上，也真的造成天大的轰动乱成一团——又不是染发或是刺青，大家却闹得像是羽川误入歧途似的。

对于这样的惨状，羽川只说了一句话。

“改变形象。”

一语带过，不容许任何追问。老实说，我知道她“改变形象”的理由——不，正确来说是猜测得到，只是一种猜测，我个人的猜测，所以正因如此，我没办法深入追问这件事。

羽川翼，在不久之前，失恋了。

虽然现在应该已经不会因为失恋剪头发——不过羽川在这方面是个过时的女孩。

虽然心情应该不会因为剪头发而舒坦——即使如此，对于羽川来说，这也是必要的仪式。

不再绑麻花辫，取下眼镜。

羽川改掉原本的“班长造型”，变得像是一名“平凡女孩”了。

这是对的。

这样就对了。

这正是她从以前就怀抱至今的心愿——实际上，她原本就已经是很出色的“平凡女孩”，做出这种改变之后，令人感觉就像是摆脱了心魔。

不，与其说摆脱心魔，不如说驯服了心魔。

就是这种感觉。

总之，得说明一下这位新生羽川（虽说是新生，但她“改变形象”已经一个多月，大家已经习惯了）身处妹妹们房间的原因。

应该说，哎，如果羽川不在这里，她就不会在那时候打电话给我吧——羽川的性格当然不会随着外形而改变，所以她依然循规蹈矩，原则上不会在深夜打电话给别人，但她打给我了。

我想要先向羽川厘清这个疑点。

“翼姐姐……”

不过，受到羽川庇护的火怜，比我先开口了。

“请不要责备哥哥……毕竟刚才是我的错，何况就算哥哥真的打我，我也会打回去。”

“是吗？”

羽川耸了耸肩。一副俏皮的反应。

“那么，刚才我多事了吗？”

“是的，翼姐姐。”

“但我不认为火怜妹妹能够回击……”

“就算不能回击也能回咬，翼姐姐并不知道我的牙齿有多硬！”

慢着。

你什么时候改用“翼姐姐”称呼羽川了？

我转头看向月火。

“我乖乖地称呼她羽川姐姐喔！”

她做出这种牛头不对马嘴的辩解。

不是这个问题。

以为加个姐姐就够了吗？对我的羽川应该尊称为小姐！虽然我如此心想，但这不是现在的重点。

因为羽川担任我的家庭教师，所以羽川和妹妹们早就认识了——但她们的关系，应该没有亲密到这个程度。

“哥哥，别生气，听我说喔，我相信哥哥不会因为这种事情对我们生气。”

月火做了这样的开场白之后继续说道：“火炎姐妹在本次，得到羽川姐姐的鼎力协助——”

“气死我了！”

我破口大骂。

这两个家伙在想什么！不准把羽川拖下水！

“阿良良木，不要发出这么大的声音，会吵醒伯父伯母——原来阿良良木会像这样大吼吓唬自己的妹妹？真意外。”

“……”

好为难！

我想在羽川面前当个乖宝宝！

“羽川姐姐，请不要责备哥哥，哥哥只是担心我们有没有为羽川姐姐添麻烦。”

月火整个人挡在羽川和我之间。

为什么我从刚才就一直得由妹妹出面求情？

你们居然扮演这种角色，太奸诈了吧？

“真是的。”

稍微冷静之后，我想到了。

这么说来，今天早上——其实以日期来说，已经是昨天早上了，月火早就知道我的“家教”会请假。原本以为我是在被她叫起床的时候说的，所以没有特别注意，然而并非如此。月火早就知道羽川有事，这天会请假不来担任我的“家教”。

她当然知道。

因为请求羽川协助的人就是她们。

“阿良良木，我是自愿帮忙火怜妹妹与月火妹妹，所以你不应该责备她们两人。我所认识的阿良良木，应该不会随便拿妹妹出气吧？”

“唔……”

感觉我完全被操纵了。

不过就算没被操纵，我也不会违抗羽川的话。

“虽然不能以如虎添翼来形容，不过这样就变成飞翼火炎姐妹了。”

火怜如此说着。

这种比喻毫无巧妙可言。

你真的是我妹吗？

“知道了知道了，我不会生气，我保证。”

“也会对爸爸妈妈保密？”

月火得寸进尺提出强硬的要求。

有羽川撑腰就得意忘形的家伙……给我记住，我可以面不改色撕破和你们之间的约定。

当成拉门纸一样轻松撕破。

“我会保密，所以快说吧。发生了什么事？现在是什么状况？”

“这个嘛，你说呢？”

我明白了，这家伙根本不想说。

既然这样，就得找月火或羽川说明详情……不过羽川只是从旁协助，所以如果要知道细节就得问月火，只不过，对方是妹妹，确实会令我变得情绪化。

那么，果然还是应该先这么做。

“羽川。”

我呼唤羽川。

虽然三人都要问过一遍，不过还是先从羽川开始。

我以拇指朝着房间墙壁——我的房间示意。

“到我房间来一下，可以吗？”

“哥哥要把翼姐姐带回房间！”

火怜开心不已。

“可以啊，走吧。”

羽川不再靠在墙上。

“不要紧的，火怜妹妹，月火妹妹，你们的所作所为是正确的，阿良良木听我说过之后也会理解的。我会好好告诉他，所以你们别担心。”

“羽川姐姐……”

“翼姐姐……”

妹妹们以闪亮的眼神凝视羽川。

她们已经建立相当稳固的信赖关系了。

对方是羽川，所以是理所当然的。

“不过翼姐姐，你要独自和哥哥待在房间……”

火怜，我说真的，你给我闭嘴。

比起现在，我更担心你的未来。

“这也不要紧，因为我相信这位‘哥哥’。”

羽川说完之后，轻轻摸了摸坐在床上的火怜的头，然后走向走廊。

这家伙的做法，我实在学不来。

我深深叹口气之后，呼叫火怜。

“喂，那个大只的。”

“什么事，小只的？”

火怜闹着别扭如此回应。

嗯？

可是，总觉得她这句话比平常没力道？

如果是平常，只要听到我以“大只的”称呼她，她不顾状况暴怒扑向我也不奇怪……但她这次不为所动，依然盘坐在床上。

“怎么了，看什么看？”

“……”

我再度叹了口气。

“你确实是正确的。”

我继续说道：“你总是正确的，这我不否定——不过，也只是正确而已。你一直都不强。”

“……”

“不强，就会输。练格斗技的你应该明白这一点。”

我如此说着。

不只对火怜说，我也看向月火。

“正义的第一条件不是正确，而是强。所以正义必胜。你们差不多该理解这一点了。在没能理解这一点之前，你们的所作所为永远都只是——正义使者的游戏。”

是伪物。

说完之后——我不等妹妹们有所反应，就离开走廊关上房门。

羽川在走廊上等我。

无所事事。

不过，她看起来挺开心的。

“虽然这么说不太礼貌……”

羽川如此说着。微微露出笑容。

“不过看阿良良木的兄妹互动，很有趣。”

“拜托饶了我吧。”

“我觉得她们很乖啊！”

“幼稚得令我伤透脑筋。”

我如此说着，带领她进入我房间。

和神原不同，我还算是勤于打扫清理，所以突然有人造访也不成问题。

“坐在那张床上吧。”

“阿良良木，尽量不要请女生坐床上比较好。”

“嗯？为什么？”

千石就是请我坐床上的啊。

而且还说，除了床上以外的地方都不能坐。

我回想着这一幕，并且坐在椅子上。

“话说羽川，为什么你这么晚还穿着制服？”

羽川翼此时身穿制服。

“你暑假期间总是穿制服就算了，不过连深夜都……你难道没有便服吗？我没见过你穿便服的样子。”

“你不是看过我穿睡衣的样子吗？”

“睡衣和便服不一样。”

我想看的是羽川以自己的品味搭配的外出服！

我要到什么时候才能有幸目睹！

“没有啦，只是凑巧……傍晚就和火怜妹妹会合，然后直到现在。我从这里开始说明比较好吗？”

“嗯，麻烦你了。”

“挺新奇的。”

“啊？”

“我觉得你担心妹妹的方式，和担心我、战场原同学、真宵小妹、神原学妹或千石妹妹的方式完全不一样。该怎么形容呢，有种更加拼命的感觉。”

“拼命……”

“提到妹妹，阿良良木就像是换了一个人。”

羽川笑了。露出恶作剧般的俏皮表情。

“刚才你说得好严厉。只有正确却不强？在我听来，那番话也像是在对你自己说呢！”

“意思是我讨厌同类？同类相斥？”

“你应该不想听到这种话吧。啊，不过真要说的话，其实不能算是同类相斥，应该是自我厌恶？”

羽川这番话令我叹了口气。

原来我在她眼中是这副模样。

而且，她说的没错。

包含上述原因在内，我百感交集地叹了口气。

正义超人。战场原也用这四个字形容过我。

“羽川，你再怎么说也只和她们相处了一个多月，所以应该不明白，但我和小怜已经共同生活了十五年，和小月也有十四年，如果依照我的经验来说——”

“噗……呵呵！”

我才刚说完前言要进入正题，但羽川不知为何在这时忍不住笑了出来，所以我不得不暂时中断。

“羽、羽川？”

“没事……抱歉抱歉，不过阿良良木，原来你是用小怜小月称呼妹妹们的？”

我搞砸了！

因为从小的习惯总是改不掉，所以我才会尽量避免用名字称呼她们！会用大只小只或是大妹小妹瞒混过去！

偏偏在羽川面前说嘴！

“啊……啊唔、啊唔、啊唔……”

“不用这么在意，你想想，我在称呼她们的时候，不是也会加上妹妹吗？”

“你、你误会了……刚才那只是按照羽川的逻辑，对，是在修辞上表达我把她们当成小孩子的心态，但我平常都是直接叫她们的名字……”

现在是语无伦次的辩解时间。

羽川用慈祥的目光看着我。

好想找个洞钻进去……

“总、总之，不提这个，我们进入正题吧，羽川，接下来或许是分秒必争的状况。”

"说的也是。"

羽川如此说着。

别这样，别对我这么温柔！

"虽然这么说，但我姑且已经知道起因了。记得她们在寻找初中生之间流行的'诅咒'源头吧？"

"咦，你怎么知道？"

"其实我是听千石说的。虽然不太想承认，不过……我的两个妹妹——"

"小怜和小月。"

"我的两个妹妹。"

"小怜和小月。"

羽川在捉弄我。

收回前面的话。剪头发果然会令性格跟着改变吧？

"小怜和小月，在初中生之间很有名，甚至连千石都会知道那两个家伙的动向。"

"原来如此。"

羽川以认同的语气回应。

"话说，千石妹妹自己也是这种'诅咒'的受害者。"

"应该说是唯一的受害者。"

"并不是唯一。虽然她的受害程度最深——不过'诅咒'在初中生之间，造成了各式各样的负面影响。"

"各式各样？"

"主要是人际关系的恶化。"

没错，即使是千石，也并非只有自己受害。

是连同身边的人际关系一同受害。

"我调查之后发现，现在流行的'诅咒'都是恶意的'诅咒'——明显过于偏激。她们两人认为可能是某人刻意营造出这种局面，虽然几乎算是胡乱猜测，但也不能认定绝对是错的。"

不过也只有在暑假才能够调查。羽川补充了这句话。

确实，如果要进行这种调查，也只能利用长假时间了。

“顺便问一下，你什么时候和她们开始共同行动的？”

“没有到共同行动的程度，只是偶尔会答应她们的请求临时帮忙，至于开始合作的时间，应该是暑假开始之后。”

“这样啊，所以……”

我继续说着。

接下来才是我要问的问题。

“你提供协助了，换句话说就是已经查出‘犯人’是谁了。对吧？”

说穿了，白天打手机给火怜的人——

不是别人，正是羽川翼。

“不要讲得好像是我的错一样，我会很困扰的。”

羽川露出打从心底感到困扰的表情。

我也不是故意想让羽川困扰。然而，我非得说出来不可。

“忍野那个家伙，一直对你的这一面有所警戒——你过于全能，绝对找得到问题的答案——”

虽然我就是因此而得救的。

然而水能载舟，亦能覆舟。

比方说，羽川就没能拯救自己——因为过于全能。

“说得也是。”

羽川没有否定。

她露出含糊的笑容点了点头。

“不过就算这样，我在调查的时候也不能放水。”

“也对。就像我和——小怜和小月。”

嗯。

算了，我放弃抵抗了。

“就像我、小怜和小月，必须接纳自己弱小的事实——你也必须接纳自己强大的事实。”

就像伪物必须认识到自己是假的，真物也必须认清自己是真的。

再怎么样，也不能——放弃自己。

“所以，查出‘犯人’之后，小怜前去当面谈判——结果遭遇某种下场是吧？”

“就是这么回事。当时我正在进行其他行动，后来才接到通知前往现场，所以没有直接遇见‘犯人’……如果能在火怜妹妹谈判之前会合，或许就能成为她的助力了。”

“小怜说了‘犯人’是什么样的家伙吗？”

“那个……”

羽川说出来了。

床铺发出细微的轧轧声。

“记得名字是贝木泥舟——有股不祥气息的人。”

012

虽然只有半天左右，但我曾经被关在那座废墟里，所以我的身体比想象中还要脏。

所以，我大致听羽川说完事发内容之后，决定立刻去洗澡，至于妹妹们就暂时交给羽川照顾。虽然我这样看起来或许过于悠哉，不过听羽川说过之后，我就知道这件事焦急也没有用。

而且坦白说，如果没有给我一点时间平复情绪，我或许又会怒骂火怜与月火。

贝木泥舟。

居然会这样。

不能和那种家伙有所牵扯吧……

偏偏就是如此！

这么说来，在神原家门口遇见贝木的时候，他曾经说过——“我刚刚才听到过这个姓氏”之类的话。

原来那就是在说火怜。

仔细想想，阿良良木并不是常见的姓氏。

混账——居然有这种巧合。

不，反而应该当成不幸中的大幸……毕竟只要向战场原打听详情，就能得到贝木的详细情报了。

不过到时候，应该会因为这件事起口角吧。

而且我也觉得她不会轻易告诉我。

顺带一提，刚才听羽川大致说完之后，我顺便向她提出询问。当时多亏羽川，才令我逃离那场恐怖的绑架监禁事件，不过羽川在电话里到底对战场原说了什么？

“啊，那件事吗？月火妹妹说她传邮件到你的手机，却没有立刻收到回复，她说这种状况怪怪的，所以我就打电话了。虽然这么晚打电话令我有些犹豫，但月火妹妹一直催我打。即使嘴里那么说，不过那两个孩子很信任‘哥哥’。”

“还好啦，哎，我想应该就是这么回事吧，但你是怎么把战场原……”

将那样的战场原……

“说服的？”

“我没有说服啊？听到战场原同学的声音之后，我就大概明白状况了，所以只有简短拜托她。”

“简短拜托她？”

“‘要是再不听话，我就要对阿良良木表白啦！’这样。”

“……”

好可怕。

从某种意义上来说，这是最强的王牌。

不过，我没想到这张王牌会在贝木事件中用来与战场原谈条件，所以一直以为只能率直求情——不过即使率直求情，应该也很难顺心如意吧。

然后，我现在在洗澡。

仔细刷洗身体之后，泡入浴缸。

铿、铿。

手腕上的手铐撞到浴缸边缘——无从取下，成为粗糙手镯的手铐，敲出清脆的声音。

就像是配合这个环境——无声无息。

从浴室暖色灯光打在我身上形成的影子里——忍野忍无声无息地出现了。

模仿著名RPG游戏的系统信息，就是“吸血鬼A出现了！”

吸血鬼A看向我。

“那个……”

忍野忍，基本上一直躲在我的影子里，所以反过来说，完全无法预测她会在什么时候出现，不过也基于这个原因，无论她什么时候出现都不会令我过于惊讶，但她从来没有在我洗澡时出现过。

忍的外表年龄大约八岁，看起来很有活力。

她咧嘴向我露出笑容。

“既然像这样被看个精，吾是否亦须下嫁给汝这位大爷？——吾之主啊。”

她用稚嫩的声音高傲不羁地说着。

我差点整个人沉入水里。

说话了……忍说话了！

“呃——忍……”

“哈哈——汝这位大爷，怎么啦？露出一副惊弓之鸟的表情——不对，应该说像是吸血鬼看到银制子弹的表情？吾讲话如此稀奇？难道汝认定吾忘记如何以言语传意？”

“……”

不。

讲话的能力——当然存在。

我也没有认为你忘记了语言的用法。

即使外表是八岁少女——即使失去大部分的力量——忍依然毋庸置疑是五百岁的吸血鬼。

问题在于，她对我讲话了。

她——愿意对我讲话了。

如此突然。如此干脆。

“忍——你……”

忍野忍。

比任何人都要美丽，冰冷如铁，火热如血——怪异中的怪异，怪异之王。甚至被称为怪异杀手。

忍——自从春假结束，她在那栋补习班废墟和忍野同住，直到她像现在这样封印于我的影子——

从来没有说过一句话。

即使抗拒，即使难受，即使痛苦，依然沉默至今。

然而如今，却在这种时候忽然开口。

“哼，吾腻了。”

忍——自己打开水龙头，任凭热水从头顶往下冲。对于身为吸血鬼的忍来说，洗澡是一件毫无意义的事情——然而即使如此，她依然像是很舒服地闭上双眼。

“汝这位大爷应该也知道，吾原本很健谈。真是的，吾哪有办法一直沉默下去，吾之主，好歹亦该察觉一下吧？”

“……”

我不知道该说些什么。

不，并不是喜悦。

也不是可以开心的事情。

然而，除了喜悦，我还能怎么形容？

这种事，我怎么可能不开心？

我的思绪乱成一团，不知道应该说些什么，只好说："谢谢。"

"啊？谢什么？"

忍关上水龙头，任凭温水从身上滴落，一边狠狠地瞪着我。外表幼小的她毕竟是吸血鬼，锐利的眼神依然不变。和之前默默瞪我的时候相比，她现在的视线更加憎恨和锐利。

"啊——没有啦。那个，你看这个。"

我连忙伸出手腕把手铐给她看。

断掉的锁链。

"这条锁链，是你截断的吧？"

当时收到月火邮件的一瞬间，我手铐的锁链就铿一声断掉了。

这当然不是我以蛮力扯断的——无论事情再怎么严重，我的肾上腺素也不会激发出此等蛮力，那是躲在我影子里的忍帮忙截断的。

"有这种事吗——哈哈，吾记不得了。不过这副手镯实在太丑了，来。"

忍将娇小的手伸向我的手腕，这次不只锁链，而是连同手铐本身整个扯断，就像掰开柔软的甜甜圈。

忍喜欢美仕唐纳滋的程度众所皆知。

还来不及心想怎么可能，忍就把这副手铐扔进嘴里大口吃掉了。

即使力量几乎消失殆尽——这方面她依然是地道的吸血鬼，无须任何理由，当然也无须客气。

看到这样的忍，令我不禁感到安心。

"用不着多礼，吾只是做自己想做之事——从古到今永远都是如此。然后吾之主，这次只是凑巧，真的就只是凑巧和汝这位大爷之意向一致罢了。"

"忍，那个……"

“头发！”

在我正要开口的时候，忍简短打断我的话。

然后指着自己的金发。

“头发。”

“头、头发怎么了？”

“帮吾洗头发。兴致来了，吾想试试洗发精这种玩意。在影子里看汝这位大爷洗头发，吾一直觉得似乎挺有趣的。”

“我……可以碰吗？”

“不碰怎么洗？”

“那么，润发也一起来吧。”

我从浴缸起身。

我把洗发水挤在手心，让手指轻触忍的头发。

和以前抚摸的感觉一样。

宛如清流——柔顺又舒服。

“好久没看到你拿下那顶防风眼镜安全帽的样子了。”

“哈，那个吾不戴了。”

“不戴了？”

“土气，太难看。”

但我觉得挺适合的。

不过，只有那顶帽子是忍野的品味，或许她其实有所不满吧。

我把忍小小的头洗得满是泡沫（对于吸血鬼而言，自己的外形由自己想象而成，换句话说绝对不会脏，所以再怎么洗头发都是干净的泡泡），并且再度说道：“那个……”

这句话再度被忍打断。

“住口。”

“……”

“无须言语。吾不会原谅汝——汝应该也不会原谅吾。”

忍看着前方。

看着浴室里的镜子——看着没有映在镜子里的，自己的身影。

她说道："这样就行了。吾与汝互不原谅——这样就行了。吾与汝无法将往事付诸流水，即使如此，也不构成吾等不能相依同行之理由。"

"……"

"这就是吾在这三四个月静心思索得出之结论——吾之主，汝作何感想？"

忍像是被流下来的泡沫惹得不耐烦似的闭上眼睛——并且如此说着。

"没想到你愿意为我思考这种事，令我意外。"

"汝这位大爷也为吾思考很多事情吧——吾这阵子都在汝之影子里，所以很清楚。"

"哈哈……"

我从忍的头顶伸手打开水龙头，用莲蓬头把忍的头发冲干净，接着帮她润发。忍的发量多得夸张，所以要用掉不少润发乳。

"毕竟亦不能总是赌气下去，吾之器量可没有那么小……何况，看来吾必须亲口好好说一遍给汝这位大爷听才行。"

"嗯？"

"吾确实喜欢蜜糖波堤——不过最喜欢黄金巧克力甜甜圈。给吾牢记在心，买两个时必须买这两种。"

"明白了。"

哎。

毕竟她是金色吸血鬼——我并不是无法理解。

我说了一句"接下来你自己来吧"，然后回到浴缸泡澡。

"围猎火蜂。"

此时，忍忽然说出这句话。

"是大胡蜂的怪异。"

"啊？"

胡蜂？膜翅目胡蜂科的一种昆虫？

“吾之国度没有这种蜂，所以不太清楚，不过在蜂族……更正，在昆虫……再更正——在生物之中似乎是最强大之种族。至少以集团战斗来说，没有任何生物能与其匹敌。拥有群体观念却相当凶猛，而且生性好战。”

不过比不上吸血鬼就是了。

忍补充了这句话。

“你说的……难道是……”

那个家伙的语气似乎意味着——

“这就是汝这位大爷之巨大妹妹，现正罹患之怪异。”

“她没有高到需要用巨大形容就是了。”

你原本的外形还比她高。

记得你的成人版身高有一米八吧？

“不过，这当然不是吾之知识——即使吾为怪异杀手，亦不表示知识足以网罗所有怪异。何况吾只负责吃，对食物之名毫无兴趣——只对味道感兴趣。”

“那么……”

“对，这是那个小子的知识。”

基本上，吸血鬼不会区分人类个体，让忍刻意区分出来称为小子的人——就是忍野咩咩。

“汝这位大爷能理解吾之心情吗？”

忍随着苦笑抱怨道：“那个轻佻至极之小子，单方面灌输吾毫无用处之怪异知识，整天嘴皮子动个不停——吾却被迫非得保持沉默接受言语轰炸，汝能理解吾之心情吗？”

“……”

真讨厌。

忍野咩咩与忍野忍，我曾经想过他们如何打发共处的时间——原来是用这种方式。

“这就是当时闲聊到的话题之一，围猎火蜂。记得是……室町时代的怪异。总之简单来说，似乎是不明原因的传染病。”

传染病。

这就是真相。

而且——这种真相，被世人解释为怪异。

即使是误会，被世人如此认定才是重点。

怪异由此而生，源源不绝。

吸血鬼现象也是一样，追溯到最后，其实只是一种血液方面的疾病。

“这种传染病，会令患者发高烧到难以动弹，并且在最后丧命。事实上，当时也有数百人死亡——直到著名阴阳师平息疫情，花费了不少时间——这似乎就是某份书卷的记载。据称，患上这种疾病，宛如遭受无形蜂螫——烈火焚身。”

因为火怜是那种个性，所以她逞强装出开朗的模样，使得我一时疏忽完全没有察觉——然而她的身体，似乎正承受着剧烈的折磨。

全身高烧发烫——宛如烈火焚身。炽热无比。

简单来说——是疾病。

所以她才会坐在床上。

脸颊之所以泛红——并不是因为心情不好，之所以没有朝我扑过来，也是因为现在的她，根本没办法好好动弹。

在我回家之前，她一直在睡觉。或许应该说是卧病在床。

如果事情没有这么严重，月火也不会传邮件向我求救——羽川所说“我不认为火怜妹妹能够回击”的含意，我总算明白了。

羽川早就知道——火怜的身体非常孱弱，病得很重。

“真是的，难怪羽川会庇护她。但我还是觉得她自作自受。”

“自作自受?”

“自找苦吃。不然就是自找苦吃。”

苦这种东西能吃吗？

忍眯细眼睛耸了耸肩。

“汝这位大爷对家人实在很严厉……吾一直旁观至今，所以事到如今亦不会惊讶就是了。然而即使如此，虽然不是学那个前任班长讲话，但吾确实感到意外。”

“前任班长……”

那个家伙，至今依然是班长。

忍该不会以为“班长”是形容外形的称号吧？

“我并不是故意对她们严厉……不过，虽然光听羽川的说明还难以判断——但我妹似乎被那个叫做贝木的家伙转移了怪异之毒。”

如同疾病转移。

“名为围猎火蜂的怪异之毒转移到了她身上？这种事情真的有可能吗？我不清楚。”

“可能。并非做不到。”

忍如此说着。

“不过，若那个傲娇姑娘之说词可以取信，那么名为贝木之人，应该是一个骗子吧？”

“没错。”

我应声同意。

不过……她说傲娇姑娘？

哎，毕竟她这段时间一直待在我的影子里，和我经历了相同的事件……所以才得出这种认知吗？

不过如果把那样当成一般傲娇的定义，那就是对人类文化的华丽误解了。

“当然，即使他是伪物，亦不表示他无法使用真物之技术——有时候正因为是伪物，所以比真物更加真实。”

“真是至理名言。”

我点了点头。

我对这番话深有同感。

“确实，有时候即使在专业领域只算是泛泛之辈，也可以成为一流的骗子。”

“泛泛之辈”所以是“犯人”。

好冷的双关语。

“专业领域的泛泛之辈吗——”

忍若有所思地说道：“不过既然如此，接下来或许比真正之专家更为棘手。学艺不精就尝试使唤怪异，在吾眼中亦是超脱常轨，这种家伙别说是泛泛之辈——到头来根本算不上是人类。”

“……”

“如果以存在本身来定义，可以说那个家伙自己就是怪异。”

自己就是怪异。

这是什么意思？

是基于何种定义？

“总之，这方面我试着问战场原吧，应该说也只能问她了。现在面临的问题，就是那个家伙——对你就不用刻意改称呼隐瞒了，我说的是小怜。小怜的这种症状要如何治疗——这才是问题。”

羽川似乎已经带火怜去过医院。

这是对于高烧患者极为正确的处理方式——然而似乎没有解决任何问题。而且羽川也曾遭怪异缠身，即使暂时失去这段记忆，也会对这种状况有敏感反应。

“以这个意义来说，小怜遭遇异状时请羽川过来，这是正确的判断。至少比向我求救的小月，是更为适当的人选。”

“哼。不过到头来，若不是因为有那个前任班长，汝这位大爷之妹亦不会找上贝木吧？”

“没错……”

要是没有羽川，或许根本就不会发生问题。

关于忍的事情，我打从心底感谢羽川的搭救，不过真要说的话，我之所以会遇见忍，有一部分原因在于羽川。

真物。

坚强。

正确，而且强大。

“退烧药完全无效，而且有一点很神奇，虽然高烧折磨着身体，意识却异常清晰——我爸妈目前好像还认为只是夏季感冒。”

不知道该说她平常表现得好还是表现得不好。

不，表现得很不好。

但是很擅长掌握诀窍。

“忍，小怜的疾病——你吃得掉吗？”

忍会吃怪异。

在羽川的障猫事件中——她就曾经为我这么做。

不对，“为我做”这种说法不正确——因为说到底，忍野忍只是在进食。

“很遗憾。”

然而忍摇了摇头。

“因为此处提到之疾病仅为结果——吾可以把蜜蜂视为美食吃掉，但无法吃掉蜜蜂蜇人之结果；即使能吃苹果，亦不能吃掉人们觉得苹果很好吃之感想，就是如此。怪异已经离去，即使现在吃掉火蜂，亦无法治疗已经出现之症状。”

“对喔，说的也是。那忍野有说过什么对付围猎火蜂的方法吗？”

“这就不清楚了，似乎说过，但那小子口若悬河，想到什么就讲什么。”

忍在说这番话的时候，已经把头上的润发乳冲洗干净，并且一起泡进浴缸。一般民宅的普通浴缸无法同时容纳两个人，不过因为忍是幼童身体，所以勉强塞得下。

绝对不是因为我个头小！

“仔细想想，已经很久没有如此泡澡了……哈哈。”

“是吗？”

“嗯，大约四百年。”

太离谱了。无法用人类的常识衡量。

唔——不过……

这也是我第一次以这种方式和忍面对面——因为春假的时候，我的精神随时处于紧绷状态。

我百感交集地看着忍。

忍一副笑眯眯的样子。

“哥哥，你要洗多久？”

玻璃拉门被拉开，月火探头进来。

似乎是不知何时从二楼下来，不知何时进入更衣间，并且不知何时打开了拉门。

“那个……”

好，说明状况！

地点：自家浴室！

登场角色：我、忍、月火！

概要：我（高中三年级）和忍（外形是八岁的金发女孩）一起洗澡的时候被月火（妹妹）发现！

唔哇，浅显易懂！用不着说明细节了！

“……”

月火静静地关上拉门。

沉默不语，快步走开。

“……”

她想做什么？

不，她想做什么都无妨，总之月火离开这里是一种侥幸，必须趁机——

然而，月火在短短十秒内就回来了。

玻璃拉门被她猛然拉开。

“咦？哥哥，刚才的女生呢？”

月火诧异地提出询问。

浴室里只有我一个人。

忍在千钧一发之际回到影子里了。

“刚才的女生？什么意思？在这种紧急时候，不要讲莫名其妙的事情啦，笨妹妹。”

我回答的声音之所以没有颤抖也没有走音，当然是因为月火右手拿着菜刀。

看来她刚才去了厨房。

我当然冷静了下来。明明在泡澡，我却冷到骨子里。

“啊……是我看错了吗？”

“你看错了。这里并没有金发耀眼肌肤白皙、讲话风格复古又高傲、年纪大约八岁的女生。”

“这样啊，唔……”

月火诧异地双手抱胸。

菜刀的刀尖很危险的。

顺带一提，她左手拿着锅盖。

防御也无懈可击。

“算啦，就当做是这样吧。不过哥哥，你洗好久了，到底要洗到什么时候？”

“啊……”

因为刚才在帮忍洗头发，所以时间至少就加倍了。

“快洗好了，在客厅等吧。”

“好。”

“话说，你好歹敲个门吧。”

“嗯？至今哥哥都没有讲过这种话吧？什么嘛，装大人。别因为最近莫名变得强壮就得意忘形啦！”

月火莫名其妙生气之后离开了更衣间。由于她没关玻璃拉门，我只好走出浴缸关门。

就在这时。

“哈哈！”

转身一看，忍再度泡在浴缸里。

这次只有她一个人泡，所以她把脚放在浴缸边缘，看起来相当优雅。

“难免还是会捏把冷汗，好冲动之妹妹。”

“吵死了。”

我也吓了一跳。

一般哪有人会拿菜刀过来？

刚才忍连忙躲回影子里才得以和平收场，但要是晚一秒钟，浴室就会化为血腥战场了。

因为是浴室，要清理现场也很简单。

“话说回来，虽然那个小子没提过——不过汝这位大爷，该不会刻意隐瞒那件事吧？”

我拨开忍的脚回到浴缸，在狭窄的浴缸里和她面对面。

忍脸上浮现出恶作剧的表情。

换个方式形容，就是邪恶与凄厉——这就是她的笑容。

“汝这位大爷，究竟何时会死？”

“什么意思？”

我听不懂这个问题的意思。也不懂她问这个问题的意图。

何时会死？

这种事，我当然不可能知道。

“哎，换句话说……虽然汝这位大爷几乎是人类，同时也留下了些许吸血鬼之残渣吧？吾心想如此一来，不晓得寿命这方面是否会受到影响。”

“唔……”

对哦。我没想过这一点。

应该说——避免去想。

虽然我经常会使用“一辈子”这三个字——不过所谓的“一辈子”到底是多少年？

“即使身体强度恢复为人类等级，或许寿命依然是吸血鬼之等级——至少治愈能力明显残留着。既然难以生病又难以受伤——至少汝不会早夭，或许汝确实将如同仙人——如同吾活个四五百年有余。”

“……”

“汝之恋人、朋友、后辈、妹妹——所有人陆续离世消失之后，只会剩下汝这位大爷与吾。汝这位大爷无论想与谁缔结何种羁绊，时间亦会令羁绊出现裂痕。”

这番话，绝非夸张，更不是玩笑。

这是宛如陈述着既定未来的语气。

宛如——述说着自己的经验谈。

忍在浴缸里伸出脚——踹向我的下腹部。

光踹还不满足，还要用力抵住。

“如何？如此想来，即使是汝这位大爷也感到厌烦吧？”

忍如此说道。

她用极为高压的语气，继续说道：“因此，吾有个提议。现在立刻杀害吾，于此时此刻恢复为不折不扣之人类。如何？”

“不准开玩笑。”

对于忍故意以轻松语气说出的提议——我以果断至极的语气拒绝了。

“如同你刚才说的结论，我不会原谅你，你也不会原谅我。只是如此而已。这件事到此为止——没有任何后续。我们会在人生的道路携手同行，直到终点。”

这是我对你表现的诚意。

我对你立下的决心。

我对你付出的——补偿。

可以不用原谅我。

因为我——甚至不希望你原谅我。

“哼，那就如此定案吧。”

忍笑了。和当时一样凄怆的笑容。

“吾之主，就祈祷哪天不会遭吾暗算吧。毕竟仅是余生，仅为心血来潮，就暂时和汝这位大爷如影随形，作为打发时间之手段吧——吾并无友好之意，汝若有任何疏失必死无疑。”

总之，我和忍就这样逐渐和解了。

013

如果将阿良良木姐妹花——火炎姐妹两人相互比较，负责实战的火怜肯定比较显眼，这方面的细节我无从否定，但如果“月火是妹妹，相较起来比较正经”的这种误解因而传开，就是我个人不乐见的局面了。

如同刚才的菜刀事件所示，那个家伙也相当危险。不可以因为她之前向我求救就觉得她很可爱。月火的行动准则有一种倾向，就是在幕后巧妙衬托出火怜想出风头的特性。如果觉得她还算正经，就表示各位已经中了她的陷阱。

从这一点来看，爱表现的火怜还算是很好操控的，不过要操控月火却很难。

包括向日葵花园的往事在内，那个家伙从某方面来说，比火怜更具攻击性。

月火往事之二。

在火怜与月火还是小学生——我也是小学生的时候。

这么说来，或许月火当时就和千石同班了，那么千石肯定也记得这段往事吧。

记得那时候，火怜被卷入某桩麻烦事——当时她们还没被称为火炎姐妹，大多是各自行动。

为了拯救基于某些原因陷入绝境的火怜，月火毫不犹豫地从校舍楼顶往下跳。

是什么事情导致这种结果？

当时的我也是这么想的，但是只有火怜与月火知道原因——不，以那两个家伙来说，她们是否记得都还是问题。

不知道该说幸好，还是一切早就在计算之中，坠落地点刚好停着一辆卡车，月火就这样掉在帆布车顶上（这是功夫电影吗？）捡回一条命（当然断了好几根骨头，身上也留下许多伤疤，不过她称为荣誉伤疤）。总之以这一跳为契机，形容她居家又内向的评价从此烟消云散。

不过，之后会来家里玩的朋友一个都没少，这令我感到非常不可思议。

总之，月火个性偏激，而且擅长在下意识之中压抑这种偏激情绪，所以反过来说，她并非每次发飙都是歇斯底里，有时候可以让自己刻意失控。

刻意失控。世上居然有这么危险的玩意？

歇斯底里不成问题，隐藏在歇斯底里背后的真正偏激情绪才是月火的本质。

题外话到此为止。

忍回到影子里之后，我走出浴室用浴巾擦干全身，并把浴巾围在腰间走向客厅，毕竟听月火说话应该用不着穿什么正式的衣服。虽然我好像忘记某件重要的事情，但现在没空在意这种事。

客厅里，月火一个人坐在沙发上。

菜刀似乎已经放回原处。

“大只的呢？”

我坐在月火对面如此询问。

“嗯。”月火点了点头，“我请羽川姐姐帮忙照顾。”

原来我忘记这件事了。

羽川和我处于同一个屋檐下，我居然这副打扮。

“不过就算要换衣服，我的衣服都在自己房间……哎，既然她在二楼，就暂且这样吧。”

等一会再叫月火帮我拿衣服。

这样就解决了。

在这个二十一世纪，不可能会发生被同班女同学撞见自己半裸的搞笑场面。

“那么，把详情说给我听吧。”

“嗯，我会说的，不过在这之前，可以答应我一件事吗？”

“以你的立场有资格谈条件？”

“我的立场是妹妹，所以有资格。”

“我的立场是哥哥，所以我拒绝。”

大眼瞪小眼。一个不小心就对峙起来了。

“知道了，我放弃。”

沉默三分钟之后，月火让步了。老实说这是很稀奇的事情——平常绝对都是我先让步的。

这或许意味着此次事件真的是月火无法应付的事件。

这样的话……

“顺便问一下，你原本想提出什么条件？”

“希望哥哥不要对火怜生气。”

“免谈。”

“对我生气没关系，但是不要对火怜生气。”

“我会一视同仁。”

“对火怜生气没关系，但可以别对我生气吗？”

“我已经在对你生气了吧？快点说出来让心情舒坦些吧。”

“明明说好在羽川姐姐面前不会生气的……”

月火噘嘴表达不满。

笨蛋，那是因为在羽川面前。

这种事无须多说。

即使赌气，月火依然用眼角下垂的双眼看着我。

这只是我的偏见——不只是月火，只要是眼角下垂的人，看起来就像是随时在打某种主意。

“或许哥哥是万能的全方位天才球员，不过就算这样，也不表示哥哥可以瞧不起我们吧？”

“我现在愿意忍受你这种挖苦的说话方式，所以就快点说吧。这次的事件开端是什么？我从这里就搞不懂了。”

“原来如此，即使哥哥号称本世纪的万事通，也有不知道的事情。”

“……”

完了。

我可能会忍不住。

“哥哥从羽川姐姐那里知道多少了？”

在这个绝佳的时间点，月火终于问出这个像是正题的问题了。

如果这是她的谈判风格，那真是好本事。

“我已经知道大概了。不过羽川终究是局外人，看不到事件的内情。何况更重要的是——在听你们亲口说明之前，我不知道该采取什么行动。”

还有，我觉得羽川站在自己的立场，可能会为了维护火怜与月火的名誉，而对真相有所保留。

如果羽川有那个心，应该可以不让人察觉她刻意不说出某些真相，但她明确地给我暗示了，引导我向妹妹们询问进一步的细节。

不过，羽川现在所处的立场有点夸张。

中立，一个不小心就会两面不是人。

甚至像是双重间谍。

不过，这正是她所尊敬的忍野咩咩擅长的手法——或许如此。

“不知道该采取什么行动吗——不过以我们的状况，大多是在思考之前先行动就是了。这次的火怜就是很好的例子。”

“我想也是。”

“哥哥……”月火说道，“曾经为什么事情后悔过吗？”

“后悔？后悔这种事我随时都在做，只要是人都会后悔吧？”

如果是反省，或许就有人不会了。

“该怎么说呢，其实我是很少后悔的人……”

“我想也是。你们两姐妹都给人这种感觉。”

“不过，正因如此……”

月火稍微停顿。

“有时候会后悔着——为什么当时没有后悔。”

“……”

“哎，这不重要。”

说到这里，月火就沉默了。

居然给我沉默了。

“快点进入正题吧。”

“对、对了，哥哥，告诉你一件好事！”

“好事？”

“我的口头禅是‘金火大’，那原本是从‘仅仅有点火大’演变而来的，所以其实并没有金这个字给人的印象那么火大。”

“我第一次听说你的口头禅是‘金火大’！”

“为什么不知道？！金火大！”

“你明显很火大吧！”

她的论点乱七八糟。

“话说，不准巧妙离题。”

“唔……刚、刚才只是在试探哥哥而已。”

“那我就是在试探想要试探我的你。快给我进入正题。”

“那、那么哥哥，你可以讲一些曾经觉得后悔的事情吗？我想听哥哥的后悔往事。”

“啊？”

“就这么乖乖讲出来，我会有点不甘愿，可以像是彼此分享秘密那样吗？就像校外教学晚上睡觉的时候……”

“笨妹妹。”

虽然如此心想，不对，其实我已经说出口了，不过应付她这种孩子气的行径，我觉得也是做哥哥的责任，何况我已经差不多忍无可忍了，所以我决定接受月火的提议。

“我的后悔往事吗……你问得这么直截了当，我很为难。”

要说有的话当然有。而且有很多。

比方说，忍野忍的事情。

不过，就算要对妹妹讲这件事，也绝对不是在这种时候。

如果把这当成相互分享的秘密就太沉重了。

我的犹豫，似乎被月火解释成吊胃口。

“没有吗？”

她再度询问。

“唔——忽然这么问，我一下子想不出……你想听什么样的事情，就形容得具体一点吧。”

“就是那种有点丢脸的事情喽，比方说……哥哥为什么没朋友之类的。”

“现在已经有了！”

“是吗？有几个？”

“问我有几个？说出来吓死你。”

羽川＝朋友。

神原……虽然是学妹，但应该算朋友。

八九寺，超级好朋友。

千石……朋友。不过或许只是交情好，但她并没有把我当成朋友。或许只是因为我是朋友（月火）的哥哥，才会不得已和我来往。也对，虽然她称呼我“历哥哥”令我心情愉悦，还是要努力摆脱“哥哥”这个称呼。不过把她列为朋友肯定没错。

战场原——是女朋友。从字面上的意思来说，这时候应该可以把她算进来。

“五个！”

“呃，我真的吓到了。”

月火一副不敢领教的样子。

似乎令她惊讶得连眼角都往上扬了。

“哥哥好可怜……肯定会这样孤单而死吧。”

“不准对亲哥哥说这种残忍的话！”

真是的。

“然后不提现在，关于我为什么有一段时间没朋友……这个嘛，我以前曾经想过，交朋友会让我身为人类的强韧精神——”

“不，我已经听到很丢脸的事迹了，所以别再说了……对不起，我问了奇怪的问题。”

“还不准道歉！我还没讲到丢脸的地方！”

“别这样，哥哥，不要再说了，不要继续揭疮疤了！别再说了，这个话题已经结束了！”

“还没结束！”

不要这么拼命阻止我！

居然还眼眶泛泪！

“原来和一般所谓‘没朋友’的人比起来，哥哥没朋友的程度已经是另一个等级了……而且只有本人没有察觉，情何以堪……”

是、是这样的吗……

原来我的自觉还不够吗……

“要是哥哥因为车祸之类的意外丧生，我会只办一场不对外公开的简单家祭……因为要是不这么做，就会被大家发现哥哥没朋友了。”

“好讨厌的贴心举动！”

“至于婚礼……不对，没朋友的人哪可能结得了婚。”

“呜啊！”

毫不留情的各种话语，令我想反驳都无从开口。

我就只能放声大喊。

“不过哥哥，不交朋友应该比较难吧？”

“你这种精英分子的台词是什么意思！”

我受伤了！真的！

“无所谓，我并没有要像你们一样组织友谊军团，我只想成为那种会让大家讲出‘那个家伙一个人的时候都在做什么？’这种话的神秘人物。”

“不过，会讲出这种话的‘大家’并不存在吧？而且没有所谓‘一个人的时候’，因为哥哥几乎一直都是一个人吧？”

“既然讲得这么过分，那你也要从实招来。你有几个朋友？”

“咦？”

月火露出诧异的表情。

“我觉得刻意列举出来的称不上朋友。”

“……”

分几个给我。

我打从心底如此期望。

“‘朋友’原本就是复数名词吧？”①

“呜呜……讲得这么中肯……”

“何况，居然用列举的方式计算朋友人数，这种想法本身就有问题吧？”

“一开始问我有几个朋友的人是你吧！”

---

① “朋友”的日文为“友达”，“达”即为复数型。

正在我们如此交谈的时候。

“阿良良木，我在二楼都听到你的声音了——而且听起来应该只是在闲聊，讲话的时候可以小声一点吗？”

羽川打开门进入客厅。

看来是不知不觉越说越大声了。

“啊、抱歉，我会注意。”

我开口道歉——

啊，闯下大祸了。

我只在腰间围一条浴巾，正坐在沙发上和妹妹面对面。不，因为我吐槽时稍微让身体离开沙发，所以这条浴巾微微敞开。

于是，我得知了三件事。

第一，羽川会尖叫。第二，她的尖叫声大到足以响遍整间屋子。第三，我爸妈睡着之后，难以叫醒的程度简直非比寻常。

014

接下来暂时是关于阿良良木火怜的事情。

虽说如此，但是这是我整合羽川和月火的叙述之后回想的场面，所以或许和实际情景有所差异。

总之事件依然由我陈述，视角并没有忽然变换，不用担心。

我被战场原黑仪绑架监禁的时候，阿良良木火怜以一如往常的运动服打扮，来到自己就读的私立栂之木第二中学附近的某间卡拉OK店。

她这段时间一直在调查流传于初中生之间的“咒语”，如今终于查到源头的“犯人”了。

不，实际上查出犯人的是羽川翼，火怜对此当然抱持着感谢之意，然而当时的她正在气头上，所以完全没有理会这种事。

“在我赶到之前不要轻举妄动。”

连羽川的这句忠告也不予理会。

羽川对此也承认自己有疏失——认为是自己思虑过于不周，没能预料到火怜的行动。不过从我的角度来看，我只会觉得火怜居然害得羽川犯下这种无聊的错误，何况这本来就是火怜不对。

居然背叛了羽川的信赖。

如果是月火，她可以在事前阻止火怜吗？

不，应该办不到。

月火只会煽动火怜。

虽说是参谋，但月火打从一开始就没想过要驾驭火怜。

“小妹妹，欢迎光临。我是贝木，贝冢的贝，枯木的木。方便请教大名吗？”

“阿良良木火怜。”

面对卡拉OK包厢里静心等候、身穿西装的男性，火怜光明正大地报出自己的姓名。

“左边一个耳朵右边一个可能的可，两个良心的良，新生之木的木。火焰的火，怜惜的怜。”

“很好的名字，感谢你的父母吧。”

感觉不到明显情感的沉重语气。

火怜一瞬间差点胆怯。但随即绷紧神经。

门关上了。

如今——这间狭小的密室里只剩下他们两人。

一般来说，这是非常危险的状况，但火怜不会去想这种事，甚至认为自己比较适合这样的场面。

她是笨蛋吗？

哎，她确实是笨蛋。

“所以，你是哪种人？想要我教你‘咒语’——还是要我帮你解除‘咒语’？前者一万日元，后者两万日元。”

“两种都不是。我是来揍你的。”

火怜如此说着。

表面上，这是一派从容的台词。

不过实际上，当然一点都从容不起来。

火怜感受得到。

对方并没有习得像样的格斗技。并非武道中人。

贝木泥舟的不祥气息——她清楚地感受得到。

不知道对方会做出什么事情。

她能以肌肤感受到。

然而即使在这个时间点，她依然不认为自己做错事——没有后悔自己单独前来。

因为是笨蛋。

以我的说法，她是伪物。

所以察觉不到真正的危机。

“来揍我的，这样啊。换句话说就是寄假邮件，引我出来中计。原来如此，非常漂亮的手法——但我不认为这是你的功劳。像你这种头脑简单的人，我不认为你查得到我的行踪。”

“对。”

“那么这是谁的功劳——你应该不会告诉我吧。不过即使如此，这种人应该屈指可数。能够达到和我面对面的地步，这已经有点超脱常规了。居然不是我找到对方，而是对方找到我，至少这绝非初中生的能耐。”

实际上，达到这个程度的羽川不是初中生而是高中生，但羽川的能耐甚至凌驾于高中生之上。

要是羽川也在场，事情应该会有完全不同的进展。

甚至连忍野都不愿意单独面对羽川。

咕噜一声。

火怜将各种想说的话，连同口水一起咽下，接着说道："你的所作所为，造成大家很大的困扰。应该用不着我多加说明吧？"

"哪有什么困扰可言，我只是在贩售你们想要的东西，之后的事情应该由你们自己负责吧？"

"自己负责？"

火怜扬起嘴角。

她似乎没有幼稚到不会对这番话起反感。

"什么叫做自己负责？开什么玩笑，居然做出这种打乱人际关系的事情，你有什么用意？"

"用意吗——好深奥的问题。"

贝木静静点了点头。

对于火怜而言，这是令她出乎意料的反应。

偷偷摸摸流传这种阴险"诅咒"，从初中生身上骗取零用钱的小混混，只要像这样当面谴责，对方就会结结巴巴惊慌失措，用不着动手就会吓得屁滚尿流谢罪道歉——这是火怜原本预料的状况。

因为对她而言，邪恶就是这么回事。

邪恶很强大，而且招惹不得——这是绝对不应该出现的状况。

"不过很遗憾，对于你的深奥问题，我只能回以一个肤浅的答案。我的用意，当然是为了钱。"

"为、为了钱？"

"对，我的目的是钞票，仅止于此——因为这个世界金钱至上。看来你是基于无聊的正义感而来——不过这种做法令我惋惜。你这种行为，可以向你的委托人收十万日元。"

贝木理所当然般地如此估价。

鉴定火怜这场行动的价值。

"你应该从这次的事情得到一个教训——做白工不划算。"

"没、没有什么委托人！"

火怜如此回答。

虚张声势——避免气势输人。

“我并不是接受别人的委托才做出这种事。”

“这样啊，应该要有人委托你才对。”

“就算是委托，我也不会收钱。”

“真年轻，但我绝对不会羡慕你。”

贝木如此说道。

不祥的气氛丝毫未散。卡拉OK包厢的狭小空间，甚至令这种气氛更加强烈。越来越——浓烈。

“怎么了？阿良良木，你在发抖了。”

“我没有发抖。就算抖，也是地震让我看起来在抖。”

“居然用天灾来形容发抖，你这个女孩真有趣。这也是年轻使然吧。”

贝木如此说道，一边用估价的眼神打量火怜。

“不过即使如此，还是不要未经思考就采取行动比较好，这样难得的风趣也会大打折扣。阿良良木，你应该从这次的事情得到一个教训——在感受之前必须先行思考。你询问了我的目的，而且我勉强算是给了你一个答案，所以接下来轮到我了。你有什么目的？”

“我不是说了吗？我是来揍你的。”

“只是要揍我？”

“也会踹你。”

“行使暴力？”

“是武力，而且我要阻止你现在所做的事情。居然对初中生做这种贪婪的生意，你到底在想什么？你这样还算是大人吗？”

“我这样当然算大人。何况我进行贪婪的生意是理所当然——”

贝木如此说着。简直像是引以为傲。

“因为我是骗子。”

“……”

火怜即使有些却步，依然继续谴责。

反复投以责备的话语。

“骗初中生的钱——你不觉得丢脸吗？”

“并不会。因为对方是小孩，所以很好骗，只是如此而已。不过阿良良木，如果想阻止我，打我骂我都没用，最快的方法是拿钱给我。我对这笔生意订下的营业额目标是三百万日元。我设局至今花了两个多月的时间——至少要赚到这个金额才划算。不过，既然你这么坚持，那我也不会要求全额，只要你能支付一半的金额，我就会乐于收手。”

“可恶的小混混。”

“不要把我贬得这么低。”

贝木露出一丝笑容。

搞不懂哪里好笑。

搞不懂这是失笑，还是苦笑——或是嘲笑。

“你这样——还算是人吗？”

“很抱歉，我这样依然算是人。想要赌命保护最重要事物的——普通人。你借由行善增加精神满足感，我借由行恶增加账户存款，我和你做的事情有何差别？”

“差、差别——”

“对，毫无差别。你的行径或许会让某人得到幸福——不过你所做的事情，和我挥霍赚来的钱造福经济没有两样。你应该从这次的事情中得到一个教训——就像正义万能，金钱也是万能的。”

“……”

“因为我而‘受害’的人们也一样。他们付钱给我，这代表他们承认金钱可以作为交易的工具。阿良良木，你也一样吧？难道说你买这套运动服的时候没有付钱？”

“你、你什么都能提，就是不准提运动服！”

火怜情绪激昂。

慢着。

提到运动服就能激昂到这种程度，这明显有问题。

不过火怜似乎因此决定不再多说了。月火没有在场陪同，光靠争论很难有胜算，火怜以言语说服年长对象的次数屈指可数。

“总之快点做出结论吧。想被我揍吗？还是——”

“我不想被揍，我讨厌疼痛。所以……”

贝木忽然起身。

不知为何——在练格斗技的火怜完全无法反应。她明明没有大意，也不是没有提高警戒——

“我送你蜜蜂当礼物吧。”

贝木绝对不是迎面走向火怜，反倒是让身体从站在门口挡住去路的火怜旁边擦身而过。

说穿了，这种行为不是交战，是逃走。

他中了圈套，被叫到这里。

原本想做生意，却受到谴责。

被逼入绝境之后——逃走。

只是如此而已。

可以说是丢脸至极。

然而——轻轻一戳。

擦身而过的瞬间，贝木用左手食指，轻轻一戳。

戳向——火怜的额头。

“？？？”

连续三次的惊讶。

第一次的惊讶，是额头被戳的这个状况。

换句话说，这等于是脸上挨了一拳——如果贝木不用手指而是用拳头，不是轻轻而是全力重重打下去——即使是锻炼过的火怜，肯定也无法全身而退。

第二次的惊讶，是质疑贝木为何没有这么做。

至于第三次的惊讶……

令她几乎要当场跪下的剧烈呕吐感，疲劳感，倦怠感。

而且最重要的是——身体在发热。

好烫。

宛如燃烧。

炽热如火。

宛如身处火海。

“呃……啊”!

喉咙热得仿佛正在灼烧。无法好好说话。

贝木俯视着这样的火怜。

“效果显著，看来你是相当钻牛角尖的类型。”

贝木如此说道。

“你应该从这次的事情上得到一个教训——看到任何人，都要先怀疑对方是骗子。以为我会求饶？这种想法太愚蠢了。想让我洗心革面就去存钱吧，存到一千万才有得商量。”

听得到他的声音。

意识非常清晰。

然而——身体跟不上。

双手双脚和脑袋，眼睛耳朵和嘴巴，全都无法正常运作。

“你……你做了什么……”

他做了某件事。

他做了某件事。他做了某件事。

他做了某件事。他做了某件事。他做了某件事。

火怜被某种东西——蜇了。

满头雾水。

“你对我做了什么？”

“做了坏事。这个行动当然要收费，钱我就拿走了。”

贝木说完之后，从无法动弹的火怜的运动服口袋中取出她的钱包。火怜只能眼睁睁看着他擅自打开钱包。

不，视线很模糊，甚至看不清这一幕。

“四千日元吗……勉强凑合着用吧，刚才的对谈当作免费服务，零钱就留给你搭电车……唔，什么嘛，原来你有电车月票，那连零钱都不用留了。”

清脆的金属敲击声。

拿出零钱的声音。

“零钱是六百二十七日元……就这样了。不记名的点数卡我也接收了。”

贝木把几乎空空如也的钱包放在包厢桌上，接着说道：

“毒性一阵子之后就会稳定侵蚀，到时候你就能动了，建议你赶快打手机求救——我要趁这个机会先走为妙。这笔生意我当然会继续做下去。不过，看来今后得尽量避免直接见顾客了，这是一次很好的教训。那么，永别了。”

对于蹲下来的火怜，贝木甚至没有回头看她一眼——径自开门离去。

阿良良木火怜则是继续逞强，忍了好一段时间都没有求救。

015

总之，得在爸妈起床之前先让羽川回去。她至今提供的协助，已经多到无法用普通的“帮忙”来形容了——何况已经到了这种时间，所以我决定骑车送她一程。

虽说如此，但法规禁止自行车带人。

羽川非常遵守道路交通法。

除非是紧急状况，否则她不会接受骑车带人。

我明明没有任何非分之想！

我可没有暗自希望羽川能从后面搂住我！

“不好意思，各方面都让你费心了，之后由我处理就好。”

“嗯，说得也是。”

我们边走边聊。

仔细想想，好久没有像这样和羽川聊天了——不过因为她担任我的家庭教师，所以经常会碰面就是了。

不过念书的时候不能聊天。

“看来我不要继续帮忙会比较好——何况也不会造成什么助益，我能做的仅止于此了。”

“嗯……也对。”

无法否定这一点，令我过意不去。

羽川是正确的，是强大的。

但是有着过于正确，过于强大的倾向。

即使觉得必须慎重行事而慎重行事，却有可能导致周围的状况被彻底颠覆。

“阿良良木，你生气了吗？”

羽川和我走路的速度差不多。

所以没必要刻意调整脚步——推着自行车前进的我询问羽川：“生什么气？”

“居然这么问，别装傻了。就是火怜妹妹和月火妹妹的事情。该怎么说呢，毕竟是我找到‘犯人’，害得火怜妹妹变成那样，你有没有生我的气？”

“如果真的生气，我也是在气那两个家伙，没道理对羽川生气……话说回来，虽然我没有生气，但我想抱怨一件事。如果你要协助那对火炎姐妹，希望你可以知会我一声。”

“可是这样的话，阿良良木才真的会生气吧？何况我个人想跟火怜妹妹和月火妹妹交朋友，这是我的自由吧？”

“是你的自由。”

不过我会很困扰。

算了。事到如今说什么也没用。

覆水难收，再怎么叹息也无济于事。

“对吧？”

羽川如此说着。

她露出害羞的笑容，从制服胸前口袋取出学生手册。

“不过，关于这次火怜妹妹和月火妹妹的事情，我一直瞒着阿良良木，所以我就给你这张券作为赔礼吧！”

羽川把学生手册的空白页漂亮地撕下来（她怎么办到的？）并且递给我。

我把这张纸翻过来，确认背面也没有任何字。

这是什么？

暗示我通往未来的车票永远都是一张白纸？

“这是什么？”

我如此询问。

羽川露出更加害羞的表情。

“那是‘随时随地可以吩咐我做事情的券’，送给你。”

她如此回答。

“真的吗！”

拿着这张纸，更正，拿着这张券的手在颤抖。

“嗯，真的。不过，要是你用了这张券，我会一辈子鄙视你。”

“没意义吧！”

我把券撕烂扔掉。

羽川开怀地大笑。

呜呜……被耍了。

以前她绝对不会开这种玩笑的。

这个家伙真的变了。

而且应该是——朝着正面的方向改变。

“总之，先不提我的事情……阿良良木，不可以欺负火怜妹妹和月火妹妹过了头喔！”

“放心——这部分你也不用担心。我当然知道那两个家伙只是做事任性了点。”

“说的也是。不过那两个孩子……”

羽川继续说道：“果然和阿良良木很像。”

“是指外表吗？”

哎，我们的五官真的很像。用照片比较就会很明显。

顺带一提，看眼睛形状是最简单的区分方式。

“我不是说外表，是内在。但我也没什么资格说别人就是了。”

“我想也是……只不过，我们兄妹和你还是差很多的。”

“忍野先生。”

羽川忽然说出那个夏威夷衫大叔的名字。

“不知道忍野先生现在在做什么。”

“谁知道。不过肯定在某处守护着我们吧。”

说得他好像已经离开人世似的。

不过，就算他真的死了，或许也会用目光守护我们吧。

“如果是那个家伙，肯定能轻松解决小怜的事情吧——何况按照忍的说法，围猎火蜂是一种等级很低的怪异。”

“小忍？围猎火蜂？”

“啊……”

我还没有说明。

我简单向羽川说明自己和忍暂时和平相处，以及造成火怜发高烧的怪异“围猎火蜂”的事情。

“这样啊……”

光是简单说明，羽川就理解了。

“围猎火蜂啊——与其说难度不高，不如说很冷门。不过阿良良木和小忍和解了，这是好事。”

“确实并非坏事。”

我低头看着影子如此说道。

感觉不到忍的气息。

这是没办法的。

除非硬是拖她出来，否则她绝对不会出现在羽川的面前。

“那么阿良良木，今后你要用小忍当初的吸血鬼本名称呼她吗？”

“本名……”

“就是……姬丝秀忒·雅赛萝拉莉昂·开口笑[①]。”

“不太对！”

听起来很像就是了！

不过，她居然会联想到冲绳这种甜点的名字和忍原本的名字很像！

“不会。”

我如此回答。

“那个家伙已经永远失去这个名字——现在忍野忍才是她的本名。而且我已经决定了，我再也不会用那个名字称呼她。无论和解还是决裂，只有这一点我绝对不让步。”

“这样啊……不过忍野先生之所以离开这座城镇，应该就是认为可以把小忍交给阿良良木了——说真的，你就算在文化祭之后就与她和解也不奇怪。”

“如果是这样的话，那还真的花了不少时间。也可以说是我怠慢了。”

“阿良良木并没有怠慢，我很清楚。”

羽川用果断的语气对我说。

是的。

最关心我的人——肯定是羽川。

甚至在她失去记忆的时候——也关心着我。

---

① 此处的“开口笑”为冲绳风格的砂糖甜甜圈，念起来与“刃下心”的原文近似。

我百感交集地开口。

“你真是无所不知。”

随即羽川答道：“我不是无所不知，只是刚好知道而已。”

一如往常的互动。

“阿良良木，我来讲一个有点恐怖的话题吧？”

“恐怖的话题？什么话题？”

“某天阿良良木不经意看向手机，发现有战场原同学的未接电话留言。留言内容大概是‘听到这通留言立刻打给我’这样。”

“这哪里恐怖了？正常回个电话给她不就行了？”

“来电时间是昨天。”

“好恐怖！”

无论因为什么事情找我，都好恐怖！

恐怖到我不敢回电！

“开玩笑的，刚才是闲聊。”

“原、原来是闲聊……吓死我了，我还以为是真事。”

“连阿良良木都不知道的阿良良木真实事迹，我怎么可能会知道……所以我才说我不是无所不知的呀，而且我想说的恐怖话题，是关于小忍的事情。”

“……”

“所谓的纠纷，等到和解之后才是最难应付的阶段——这方面你要做好心理准备。”

羽川如此说道。

用不着点头，我早就明白这个道理了。

正因如此——我非得点头回应不可。

“嗯。”

看到我的反应，羽川如此回答。

之后就没有进一步提及这件事，而是转换了话题。

“对了对了，关于刚才的话题，即使忍野现在还在这座城镇，应该也不会插手管火怜妹妹的事情吧？那个人——对于主动趟浑水的人，不是都很冷漠吗？”

“是吧。”

请得动忍野“拯救”的只有一种人——完全无辜的“受害者”。

不过即使如此，火怜也不会得到他的帮助。

“嗯，如果是忍野，应该会让火怜碰钉子。‘我不会救你，你只能自己救自己，小妹妹’这样。”

“刚才那段话模仿得好像……”

羽川对这种毫不相干的事情感到佩服。

哎，毕竟这句话我不知道听过多少次了。

“阿良良木，难道你擅长模仿？”

“也没到擅长的程度啦……”

“试试看吧，比方说模仿战场原同学。”

“我不要。为什么一定要模仿？”

“试试看啦。”

“不要。”

“试试看。”

“……”

我只要被拜托三次就无法拒绝。

不过对象只限于羽川。

她就这么想看？

“‘真是的，我居然会教阿良良木功课，仔细想想，我简直是把时间扔进水沟浪费掉了。我的损失换算成金钱大概两亿日元吧，知道吗？这是阿良良木活两亿年才赚得到的金额。’”

“先不提像不像，不过我现在知道了，原来阿良良木曾经被战场原同学数落得这么惨……”

羽川一副不敢领教的样子。

不是像不像的问题，而是太写实了。

“那么接下来，模仿真宵小妹。”

“我想想……”

我对羽川唯命是从。

叫我小丑吧。

“‘请、请不要这样，阿良良木哥哥！如果我用眼神哭诉还不够，我要上法庭哭诉！’”

“你对真宵小妹做过什么事？”

“又是终极的失误！”

太冒失了！

羽川冷眼瞪着我。

我的视线四处飘移。

“抱……抱歉，我口误。”

“那么……接下来是神原学妹，试试看吧。”

“‘不愧是羽川学姐，如此精湛的表现，简直就是集上天宠爱于一身，拙劣如我完全望尘莫及……呵呵，不过有幸和羽川学姐生在同一个时代的我，绝对会正视这样的现实，以学姐的英姿为榜样，在各方面精益求精。’”

“……”

“咦？我觉得讲得很好啊？”

“神原学妹，并没有对我说过这种话呀”

“咦？”

“她确实是个很有礼貌的孩子，不过她没有对我用过‘集上天宠爱于一身’这种夸张的形容方式。”

“咦咦咦？”

什么嘛。原来那个家伙并没有一视同仁？

难道神原之所以对我这么有礼貌，并不是因为我是学长，也不是因为我是她尊敬学姐的同班同学，而只是对我这个人毕恭毕敬吗……如果是这样，我就太不敢当了。

那个家伙到底是从我人格的什么地方，发现值得尊敬的价值的？

“回到刚才的话题，忍野先生应该不会帮助火怜妹妹——不过阿良良木呢？会帮？还是不会帮？”

“会帮。但我这么做，并不是为了那个家伙。”

我如此回答羽川的询问。

“更不可能是为了正义。”

“那是为了什么？”

“没有为什么。就只是基于一种无从修改的法则。妹妹有难就由哥哥协助，这是天经地义的事情。”

不。甚至不算是天经地义。

这种事，无须讲理。

“听到这个答案，我放心了。”

“什么嘛，羽川，难道你以为我会对她们见死不救？”

“我觉得一半一半。”

对于我开玩笑的这句话，羽川却没有完全否定。

“因为阿良良木，对妹妹似乎很严厉。”

这次她明确地说。

“何况这次的事情，是她们的责任。”

“……”

“所以，阿良良木或许会刻意地袖手旁观——我原本是这么想的。”

没错。

羽川很优秀，出类拔萃。

人格也很出色，光明正大又公正。

不管处于何种状况，都能做出正确的判断。

也会不顾自己的处境为他人着想。

然而，有些时候，比方说在我成为吸血鬼的时候。

羽川在各方面都很关心我，鼎力协助我，有时候甚至付出令人难以置信的牺牲。

却从来没有说过——我很可怜。

就像是把我春假经历的那场地狱全部视为我的责任。

虽然她竭尽所能，做了所有能做的事。

曾经鼓励我、拯救我、保护我。

然而绝对不会——同情我。

愿意提供满满的协助，却不容许半点任性。

“因为我和你不一样，还没有下定决心。我也和忍野不一样，我会尽力而为——不过当然不会做我做不到的事。”

“这样啊。”

羽川点了点头说道：“那么，送我到这里就好。”

从目前的位置还看不到羽川家——但我只会送羽川到这里。

这是我们之间的界线。

然而，现在天还没亮。

独自走夜路很危险，这种危险和路程距离无关。

“自行车借你，你骑回家吧。”

“可以吗？我不会客气的哦。”

我把龙头转向她作为回答。

“那我就感恩接受你的好意了。”

羽川说完之后，按着裙子跨上自行车。

她的裙子长度与战场原相比毫不逊色，所以完全没有若隐若现的光景。

不过我打从一开始就不期待这种事。

“明天就还你。”

“嗯。”

“要在今天解决哦，因为阿良良木明天开始就得继续准备考试了——不只是哥哥的本分，也要记得自己身为高中生的本分。”

如此叮咛之后，羽川缓缓踩着踏板回家了。

她没有坐在坐垫上，而是站着骑车。

016

目送羽川的身影完全离去之后，我沿着原路回家，直接走向妹妹们的房间——月火精疲力尽地睡着了。十四岁的她，还没到能够熬夜的年纪。我想问的事情都问到了，现在就让她好好休息一下。

至于火怜，从我脱离绑架监禁的处境到回家的这段时间里，她几乎都是昏昏沉沉地在睡觉——所以现在反而睡不着。发高烧又无法入睡，应该是相当难受的状态。

总之我想让月火好好休息，所以把火怜抱到我的房间。

像是抱新娘一样，将火怜抱到我的床上。

“啊——哥哥，这样是小题大做啦，所以我才不想告诉哥哥的，大家口风太松了，只是发烧就担心成这个样子。”

“少啰唆，病人就乖乖听话。想吃什么吗？黄桃罐头之类的。”

“毫无食欲。”

“好吧……帮你解开头发吧？”

“我想洗澡。流汗流得好不舒服……”

“头发……”

“请自便。”

火怜微微抬起头，把马尾转到我面前。虽然看起来像是嫌麻烦的态度，不过光是这个小动作，我觉得她其实就做得很吃力了。

刚才抱她过来的时候也是，她的身体——真的很烫。

宛如在燃烧。

因为我已经知道症状，所以火怜也不再逼自己逞强了。

即使如此——她似乎依然维持着最底线的坚持。

我取下发圈放在床边。

“虽然不可能帮你洗澡……”

我继续说道：“不过至少可以帮你擦身子。”

“啊……情非得已，还是拜托哥哥了。”

火怜如此说着。

虽然语气很平稳，但听起来还是有点力不从心。

“刚才月火也帮我擦过，可是又流了满身汗……不过从时间上来说，她帮我擦澡是昨天的事情了。”

“这样啊，那你先脱衣服吧。”

我说完之后将火怜留在房里，下楼前往盥洗间，把毛巾打湿拿到厨房用微波炉加热，温度稍微热一点应该比较好。

回房一看，火怜依然穿着运动服。

“喂，我不是要你脱衣服吗？”

“哥哥，抱歉。”

“啊？”

“好累，帮我脱，帮我擦，然后帮我穿。”

“你啊……”

一点都不可爱。

我依次帮她擦拭身体，觉得拿着热毛巾的自己就像一个按摩师。

“要我在变强之前无视于眼前的邪恶——我做不到。我体内的正义之血，不容许邪恶的存在。”

“在我看来，你只是想找机会发泄罢了。”

“在哥哥眼中，或许我们的行径只是一种游戏。可是……”

火怜心有不甘，咬着嘴唇说道：“那个家伙太犯规了。”

她说的那个家伙是贝木泥舟。

身穿西装宛如丧服的不祥男性。

“哪有这样的——莫名其妙就被他害得生病，这样太奇怪了吧？太离谱了，简直是肥皂剧的剧情吧？”

这我就不清楚了。

我擦拭着火怜的脚底，说道："总之，后面的事我会想办法，所以交给我吧。你不要再胡思乱想，好好休养。"

"要我好好休养是不可能的，老实说，我现在很不舒服。"

"那你就痛苦地休养吧。别担心，我很快就会让你康复。"

"让我康复……要怎么做？吃药也没用呢？"

"……"

关于怪异这方面——我还没向她说明。

羽川对此似乎也巧妙带过。

如同八九寺、千石和神原所说。

关于怪异的事情，关于忍的事情——如果可以不说，最好别说。

关于贝木泥舟的事情也一样。

如果可以不用继续涉入——就不应该让火怜与月火继续涉入。

对于已经发生的事情，她们应该也有责任。

只不过，火怜与月火没有能力背负责任。

我如此心想。

因为她们还是小孩子。

因为她们，是伪物。

"在哥哥眼中，或许我们的行径是一种游戏……"

此时，火怜回到刚才的话题了。

不，或许这只是她意识恍惚的喃喃自语，并不是说给我听的。

"不过，贝木他……"

"嗯？"

"贝木泥舟。那个家伙为什么要在初中生之间，散布那种像是超自然现象的'诅咒'——哥哥应该已经听月火说过了吧？"

"……"

"对，他说，这是为了赚钱。"

骗子。

虚伪的专家——贝木泥舟。

火怜宛如打从心底轻蔑，以唾弃的语气说道："煽动恶意，煽动不安的情绪——实际上根本没有做任何事情，就趁人之危骗取金钱。他跟我交涉的时候，居然用一万两万为单位呢。他向初中生收这么一大笔钱吗？居然被我骂还不觉得丢脸，而且贝木最后居然毫无悔意地对我说——因为对方是小孩，所以很好骗。"

"很好骗。"

"月火的朋友，记得叫做千石？她好像是个沉默寡言的女生，总之无论如何，哥哥救了她一命。不过这只是一个幸运的例子，有人不知道贝木就是传闻的源头，跑去向贝木求救，甚至为了支付他要求的金额行窃被抓，哥哥能够原谅这种事吗？'我不够强，所以只能袖手旁观'，如果这样的受害者就在眼前，哥哥说得出这种话吗？"

火怜如此说道。

就像是——受害者真的位于她面前。

就像是面临最艰难的关卡，非得要拼上意志力克服。

"那个家伙说金钱万能，那种像是漫画里才会出现的台词，我没想到真的有人会说出口。因为钱虽然很重要，但是这个世界上，肯定还有其他重要的东西，比方说爱！"

哇……

意见一致。

我居然和妹妹意见一致了。

"金钱并不是无所不能的——只是几乎无所不能！"

"……"

不，并没有那么一致。

火怜继续说道："哥哥，我和月火是认真的，不会把这次的事情当作教训收手，如果今后又遇到相同的状况，绝对会用相同的方式处理。"

"……"

“我虽然以结果来说输了，精神上却没有输，而且下次会赢，努力到赢，即使不会赢也会这么做。哥哥，最重要的……并不是结果吧？”

“这就是所谓的虽败犹荣？输了比赛却赢了态度？我不认为钻研武道的人可以说出这种话。”

“虽不中亦不远矣。”

“那就完全不一样了吧？”

“输了比赛，也输了态度——即使如此，只要没输给自己就不算输，这就是我的武道。”

“不过……只要你依然是这种态度，就会为周遭添麻烦。你就是因为这样……”

就是因为这样。

我就像是把握这个机会，把火怜经常对我说的那句话原封不动地还给她。

“所以总是没办法——成为大人。”

“唔——你说得对。”

火怜发出“唔啊”的声音扭动身体。

“别乱动，我会不好擦。”

“要是转移给哥哥就麻烦了。”

“嗯……”

嗯？

转移？

我忽然冒出一种想法——停止擦拭的动作，接着把凉得差不多的湿毛巾放在旁边。

“等……等我一下。”

我说完之后，离开房间来到走廊。

月火睡了，爸妈还要一段时间才会起床，不过为了以防万一，我还是下楼进入厕所关上门。

“忍。”

我对着自己的影子呼唤。

“何事?”

忍没有现身，只有出声回应。

无所谓。这样就够了。

“吾就寝时间将至。即使失去力量，吾依然为夜行性，而且吾讨厌睡到一半被吵醒的个性完全没变。”

“是吗?那在你睡觉之前，我问一个问题就好。”

我向忍提出询问。

询问火怜那番话令我冒出的想法。

“有办法让那个家伙的病——转移到我身上吗?”

“嗯?”

“虽说是一种病，但基本上是怪异之毒——何况原本就是故意移转到她身上的，既然这样，应该也能再转移到我身上吧?”

“汝这位大爷要承担此病?嗯……”

忍似乎正在影子里思索。

或许是在回忆忍野说过的话。

“总之……汝这位大爷的身体，残留着吸血鬼的要素，围猎火蜂这种程度的毒，应该不会在汝身上引发这种程度的高烧——”

“我想也是。”

吸血鬼的级数，比其他怪异高出许多。

只要不是羽川那时候的猫，没有任何方式能够对抗吸血鬼——不，即使是那只猫，也是因为对象是超乎常理的羽川，才会酿成那么严重的事态。

无论围猎火蜂是何种怪异，基本上对吸血鬼毫无威胁可言。

蜂，蛰不了鬼。

“以此等意义而言，将围猎火蜂之毒转移到汝这位大爷身上是妙案。己所不解之毒施于人，以构想来说行得通。然而，既然不知道贝木是以何种程序，令汝这位大爷之妹罹患围猎火蜂之毒，就只能以吾之独家方式进行转移。”

“什么嘛，换句话说，你有独家的转移方式吗？”

“有是有，然而……老实说，吾个人不建议采取此法，与其说不建议，应该说……吾极不愿意汝使用此法。”

“我愿意承担风险。”

“虽然就某方面而言应该说是都市传说——然而记得那个小子，确实以完全不同之说法陈述过。”

“什么嘛，完全讲不到重点，一点都不像你。只要不是吸血之类的行为，要我怎么做都行。”

“总之，虽然不会吸血——然而很难说。使用此法是否能得到谅解，吾亦难以判断。”

“虽然还不知道是什么方法，但肯定能达到谅解吧？围猎火蜂这种怪异，一不小心就会闹出人命吧？即使不会致命，只要能治疗那个家伙的病痛，无论是什么方法都应该付诸实行。”

“这番话——中肯至极。”

忍点了点头。

即使如此，忍似乎还是有所犹豫，不过我再三要求之后，她说“那就——随汝高兴吧”并且将方法告诉了我。

然后，我回到自己的房间。

“哥哥……我不知道你是去上厕所还是怎样，不过要出去也先帮我穿好衣服吧？”

一回房，劈头就遭受这种抱怨，但我没有回应，只是轻声呼唤她。

“小怜。”

由于处于紧张状况，我不小心用原本的方式称呼火怜，不过现在这件事不重要。

我继续说道：“我现在要吻你。”

017

从结果来说，怪异——围猎火蜂之毒，没能全部转移到我身上。

只转移了一半—— 或许，顶多三分之一。

不过即使如此，火怜也稍微退烧了——原本超过四十度的体温降到三十八度多，已经好很多了。

实际上，火怜直到刚才都在充满活力地大吼大叫。

“初吻！我原本要献给瑞鸟的初吻！”

就像这样。

补充一下，“瑞鸟”是火怜的男朋友。我不知道大名，而且也没有见过，不过似乎是比她年幼的可爱小弟。再补充一下，月火的男朋友叫做“蜡烛泽”（我同样不知道，名字也没见过），是年长帅气的类型，和“瑞鸟”恰恰相反，看来这对姐妹的异性喜好不同。

无论如何，火怜已经吼累睡着了，算是圆满收场。

“接吻会传染感冒，感冒传染给别人就会好，这根本算不上都市传说。无论叫作嘴对嘴转移还是间接接吻，总之诅咒就是这么一回事——”

忍后来如此说道。

不过，她又继续用无可奈何的语气，对我说出“汝这位大爷，与其说是吸血鬼，更像是魔鬼”之类的话。

嗯。久违地把妹妹弄哭了。

好好反省一下吧，笨蛋。

无论如何，我让火怜睡觉休息之后，等待时间到七月三十日上午九点，留下“今天一整天和火怜乖乖待在家”的字条给月火，然后离开家门。

自行车借给羽川了。所以只好徒步前往战场原家。

结果，我在路上看到了八九寺的身影。

她依然背着大大的背包走啊走——话说，那个背包里装了哪些东西？

说不定是塞满大量的哑铃用来练身体，如此想象就挺开心的。

不过能够连续两天遇到八九寺，我还真走运。以概率来说，或许比一天遇见两次还要稀奇。不，虽然一直把那个家伙当成吉兆，我昨天却是吃尽苦头。

话说回来，原来这附近也是那个家伙的地盘，还是说她正在开拓新地盘？

真是的。

总不会是想要绘制这座城镇的地图吧？

你是伊能忠敬[①]吗？

“哟，八九寺。”

神原的事情令我得到教训，所以我以正常的方式叫她。

结果，八九寺露出非常不满意的表情。

“那、那个……八九寺？”

“哎……是阿良良木哥哥啊。”

“慢着，应该要讲错吧！”

惯例的模式跑哪里去了！

“阿良良木哥哥，你居然用正常方式叫我，看来你也堕落成为无聊人种了，发生了什么事吗？”

哇，她的眼神非常冷淡！应该说是凌厉！

连战场原都不一定会有这种眼神！

“何况是你不希望我那样的啊！”

---

① 以徒步方式首度绘制日本完整地图的测量师。

“那是在暗示你不用客气吧？哪有人被要求住手就真的住手？真是的，枉费我这记妙传。”

“你的暗示太难懂了吧！”

“感觉像是被迫欣赏一个不好笑的相声段子。”

八九寺孤寂的背影一步步离去。

把我留在原地。

慢着，不准留下我。

“喂，八九寺，等一下啦！”

“我不认识你。我的好朋友阿良良木哥哥已经死了……我连你的脸都不想看到了，请消失吧。”

“别这样！虽然战场原对我讲这种话大概讲了一百次，但要是从你口中说出来好像会成真，所以别再说了！”

“咦？我都说消失了，你为什么还在？阿良良木哥哥连消失都不会吗？”

我和她并肩前进。

即使如此，八九寺依然露出不满的表情（并不是开玩笑，好像是真的不高兴，完全搞不懂这个家伙），一阵子之后才终于叹口气转身面对我。

“所以，发生了什么事？”

她如此询问。

“看你今天和昨天不一样，变得好严肃。”

“严肃……哎，或许吧。”

和我昨天去千石家玩时不一样。

战场原——很可怕。

我无法想象我们昨天分开之后，她做出了什么样的行动。

“发生了很多事。”

“是吗？但我不会追问就是了。”

八九寺点了点头。

她对于这方面的进退掌握得非常精准。

“不过阿良良木哥哥，你看起来气色不太好。”

“嗯？是吗？”

“看来你身体不太舒服。”

“嗯……”

虽说分担了火怜一半的病，不过表面上应该看不出变化才对。

不。八九寺看得出来。

“这叫做围猎火蜂——总之从属性来说，我觉得和你的蜗牛完全不同，不过处理起来很麻烦。”

“这样啊——那就伤脑筋了。”

八九寺双手抱胸露出为难的表情，一副真的很伤脑筋的样子。

“不过如果是阿良良木哥哥，肯定不会有问题的。阿良良木哥哥就是这样一路顺利走来吧？”

“但愿如此。其实各方面都没有很顺利，害得我很头痛。其实至今的事件也没有处理得很好，老是失败。”

其实对一个年纪比我小的人抱怨也没用。

不过我倾诉的对象只有八九寺，所以我还是说了。

“我的妹妹们是笨蛋。”

“比阿良良木哥哥还笨？”

“不要把‘我是笨蛋’当作前提！”

对对对。

就是要这样。

认真讨论反而很蠢。

“她们的说法是正确的，我也想尊重她们的意见——但她们太冲动了。明明是在做正确的事情，却不晓得怎么做，在我看来就是这种感觉。”

“阿良良木哥哥也经常被人这么说吧？”

“唔……”

确实没错。

忍野和羽川就经常对我说类似的话。

以我的状况，他们会说“冠冕堂皇却不正确”——但本质是一样的。

“何况，如果阿良良木哥哥不是这种人，我也没办法在这种地方悠闲散步了。既然这样，也表示有很多人得到你妹妹们的协助吧？”

有。

而且，应该很多。

不然的话，就无法解释她们的声望为何高到夸张。

那种领导技能，是基于成果而产生的——至少那两个家伙比我受欢迎。

比我受到喜爱。

然后，除此之外还需要什么结论？

这已经是完美的结论了吧？

我可以像这样点头认同，然而……

“但那两个家伙依然是小朋友……完全不会听劝。像是这次的事件，也得趁她们安分的时候解决才行……”

从这种意义上来说，这次的怪异是围猎火蜂，或许是因祸得福。

火怜肯定只能安分地待在家里。

安分地——像个大人。

“八九寺，人什么时候会成为大人？”

“只要还会讲这种话，就没办法成为大人。”

被小学五年级的学生教育了。

“即使年满二十岁是成人，这种规定也会因为时代而不同。以前好像十三四岁就可以结婚吧？”

“听起来令人不敢领教。”

“总之，要两个分别念初三和初二的家伙成为大人，确实是强人所难，因为她们实际上就处于小朋友的年纪。”

和忍不一样。

我看着自己的影子如此心想。

看着应该正在影子里熟睡的忍。

“这就是重点吧？虽然初中生理所当然还是小孩子，却不知道自己是小孩子，问题就在这里。”

“哦！”

八九寺说得一针见血。

这家伙偶尔会指出我的盲点。

原来如此，或许是这样没错。

让她们有所自觉，确实是一门课题。

“即使如此，或许还是比那些不认为自己是大人的大人要好一点。”

“认为自己是小孩子的大人，应该是最难应付的家伙吧。”

不过这种人似乎比比皆是。

即使在学校老师之中，也不是没有这种例子。

“顺便问一下，八九寺，你认为自己是大人还是小孩？”

“身体是小孩，头脑是大人。”

“你是名侦探柯南吗？！”

“说到名侦探……”

八九寺又想离题了。

我没有刻意阻止。

虽然快到战场原家了，不过应该可以再聊个话题。

“最近正统派的推理作品又逐渐变成主流了，不是那种特立独行的推理。”

“你为什么对流行这么敏感……不过就算是正统派，但推理作品本身已经过气了吧？”

“你这是什么话，只是推理小说不再流行，推理作品本身还是处于全盛期吧？比方说警匪连续剧或是推理漫画或是侦探游戏，市面上随便找都找得到，而且都很受欢迎吧？”

她说的没错。

推理连续剧总是会在黄金时段播出，而且还不断重播。

为什么只有小说没落了。

“这就是所谓的阅读风气衰退吗……不过像是手机小说就很流行。”

我不擅长使用手机，所以还没接触过这种领域。

“不过就算这样，我也没听说过推理类型在手机小说里成为主流。”

“据说人类一辈子阅读的字数是既定的，但我不知道是几亿个字就是了。”

“是吗？”

她又在讲这种莫名其妙的杂学知识了。

这个家伙平常都是看哪种书？

“所以，因为手机邮件和网络信息占用了原本就有限的字数，才会出现阅读风气衰退的现象——我是这么认为的。”

“这种理论真实存在吗？”

“应该没有。”

八九寺非常干脆地把自己的理论（应该不是）收回。

“总之，推理小说应该只是因为不好看，所以才不再流行吧。”

“这是你个人的见解吧？”

“作品很难看，所以下场也很难看……啊哈哈哈哈！”

“慢着慢着，这种文字游戏没有高明到能让你自己说完就捧腹大笑吧！”

“如果是以前还很难讲，不过从表现方式来说，小说和其他媒体完全没得比，这么一来，小说的最大武器只剩下情感代入。小说无法用视觉做出诉求，反而容易让读者带入情感，不过把情感代入推理小说反而不妙吧？因为推理小说的卖点，就是让读者不知道要相信哪个角色。”

“嗯，或许吧。”

“因为这样，所以如今推理小说比花札还冷门了。”

“嗯？你会玩花札？”

这个举例令我在意，并且开口询问。

八九寺点了点头。

“因为我是这个名字，所以我喜欢‘八八’的玩法。”

“终于找到了！”

我命中注定的伴侣！

完了，我现在好想玩！

“唔……可是我手边没有花札！想玩花札的时候找不到会玩的人，好不容易遇到会玩的人，手边却没有花札！”

“手边刚好有花札的状况，原本就很难想象吧……”

“不，今后我要随身携带！”

我下定决心。

“而且在凑巧遇到你的时候，就要当场举办花札大赛！”

“阿良良木哥哥，你为什么认定只能以凑巧的方式才见得到我？我不介意和你约下次见面啊？在说好的时间地点见面这样。”

“不行，郑重约定下次见面，会让人不好意思吧！”

“为什么你真的脸红了……”

不、不对，我这是对花札的爱，不是对八九寺的爱……话说回来，我有这么喜欢花札吗？

我总觉得只是因为找不到会玩花札的人，使得这种渴求的欲望加深了我对花札的喜爱。

毕竟大家都只知道“猪鹿蝶”这种牌型。

“像是千石，就有可能连听都没听说过……啊，难道就没有哪本少年漫画周刊能推出以花札为主题的畅销漫画吗？”

“用不着这么感叹，我觉得知道的人都会知道吧？”

“我就是很难遇见知道的人啊……”

“听说这个游戏在冲绳县那边比较普及。”

“是吗？”

“不过只是比较普及而已。”

“是吗……还不到值得我搬过去的程度吗？”

“阿良良木哥哥，你到底多喜欢花札……不过，花札毕竟和麻将一样，都是赌博性质很高的游戏。”

“赌博性质？”

“既然赌博性质很高，就代表非法性质也很高。”

“唔……”

原来如此。

回想起在神原房间里，花札和鹫巢麻将位于同一个区域，我就深有同感地点了点头。八九寺这番话是至理名言。

这么说来即使是扑克牌，德州扑克、廿一点和百家乐之类的赌博游戏，确实经常被年轻人敬而远之。

知道的人与不知道的人，两者之间的差距非常明显。

“所以，八八寺，刚才说到哪里了？”

“阿良良木哥哥，少了一个寺。”

“啊，对喔，我没发现。所以八九寺，刚才说到哪里了？”

“推理作品的话题。”

“虽然推理小说不再流行，但推理作品本身依然处于全盛期，然后正统派设定的作品增加了。但我其实不太清楚，什么叫做非正统派的推理作品。”

“如果招牌台词是‘凶手就在我们之外！’就不是正统派了。”

“当然不会是正统派吧！”

“比方说‘一切的谜底都是时钟①！’这样。”

① 日文“是时钟”和“解开了”音近。

"这种推理作品的方向也太偏了吧!"

"'证明完毕……QE—STION[①]!'"

"很明显还有疑点!"

不过只要讲到这里，接下来将会出现那句招牌台词。

这样就不叫推理作品了。

"所以，八九寺，接下来才是你真正想说的吧?"

"嗯，是的。因为是推理作品，所以会有人遇害，凶手最后会被抓，不过凶手大多是基于某些悲哀的动机行凶的。"

八九寺继续说道:"这种做法会令人难以释怀，难以分辨孰善孰恶——不对，因为现实就是如此，所以这也是有趣之处。"

"总之，编写连续剧的时候，如果总是好人被坏人杀害，就没有曲折离奇的感觉了——像时代剧那样善恶分明反而比较痛快，但要这么做还是有难度。不过，无论是哪一种坏人，也不是毫无理由就为非作歹，这应该是可以肯定的。"

贝木泥舟。

记得那个家伙的理由是——钱。

金钱万能。

"嗯?啊——抱歉，八八寺。"

"我说过，少了一个寺。"

"啊，抱歉，八七寺。"

"每叫我的名字一次就要少一个寺?现在是这种规则吗?"

"八六寺，战场原家快到了，所以得在这里道别。"

"啊，说的也是，我差点忘了，她并不喜欢我。"

八九寺停下脚步，轻盈地转换方向。

这个家伙的字典里，没有"目的地"这三个字。

"那么，阿良良木哥哥，请保重。"

---

① 证明完毕的正确缩写应该是 Q.E.D(quod erat demonstrandum)。

“你也是。”

我们挥手道别，结束这次的同行。

嗯，感谢她让我的这趟路程不会无聊。

目送八九寺离去之后，我开朗地抱持着这样的想法。

然而，这个时候的我并不知情——不知道名为八九寺真宵的亲切少女，究竟发生了什么事情。

不，我真的不知情。

那个家伙本身就充满谜团——她一个人的时候，应该说她没在散步的时候，都在做什么？

018

木造公寓民仓庄，二〇一号室。

战场原黑仪的住处。

我故意没有事先联系战场原。

这也代表着我的决心。

民仓庄每间房都没有门铃这种时髦的玩意，所以我握拳反手敲了敲门。

没有回应，再敲一次。

我试着转动门把——没有上锁。

太没戒心了。

虽然战场原黑仪的近距离防御强固得宛如铜墙铁壁，不过基本上远距离的防御力极差。

至于战场原本人……

正在三坪大的房内削铅笔。

全神贯注。

无我的境界。

甚至没发现我溜进来。

削铅笔——这当然是一种保养文具的动作，高三学生做出这种行为并无不妥之处，然而在报纸旁边堆积如山的庞大数量（大约一百根）看起来令人毛骨悚然。

她的样子，就像是上战场之前保养爱刀的武士。

“那个……原小姐？”

“阿良良木，问你一个问题。”

我以为她没发现我，看起来是我搞错了，她只是没有将视线移向我——只是因为和削铅笔这项工作比起来，我的来访微不足道。

战场原凝视着削好铅笔的笔尖说道：“偶尔带在身上的一百根尖锐铅笔，因为某些原因被用来刺杀第三者，应该叫做意外吧？”

“不对，是案件！”

是重大案件！

用铅笔杀人的事件，将会登上社会版头条！

“呵呵，那我会在这张报纸的社会版上面继续削铅笔。”

“战场原，你冷静点！就算你露出得意洋洋的表情也没用，你刚才讲的并没有很高明啊！”

不要因为这种事，浪费你宝贵的笑容！

因为你是每天平均只笑五次的冰山美人！

削太多铅笔导致刀身变得漆黑的美工刀——应该是曾经插进我嘴里的那把美工刀——被战场原拿在手上，刀身的光芒射向我。

深黑色的光芒。

“阿良良木，脱鞋进来吧。别担心，我不会再监禁你了。”

“打扰了。”

我伸手向后关上门，将刚才没锁的门锁好，脱鞋走到榻榻米上。室内只有三坪，所以用不着环视就能确认，里头只有战场原一个人。

"令尊呢？"

战场原和父亲相依为命。既然没有听到洗澡的水声，战场原的父亲应该不在。

战场原的父亲是外资企业的高级主管，听说几乎每天都不回家，可是连周日也不例外吗——不，既然欠下庞大的债务，他应该没有所谓的周六与周日吧。

"爸爸在工作。"

事实上，战场原也如此回答。

"现在他正在当地……也就是国外出差。时机真好，毕竟总不能对爸爸做出绑架监禁这种事。"

"……"

对男朋友就可以吗？

你这个罪犯候补。

"不对，在你绑架监禁我的时候，就已经是罪犯了……所以，如果我问你准备这些武器的理由，你愿意告诉我吗？"

"提问是你的自由。毕竟俗话说得好，求教是一时之耻，阿良良木是终身之羞。"

"不准用我的名字改写谚语！听起来很讨厌！我是终身之羞到底是什么意思！"

"意思是阿良良木非常害羞。"

"绝对是假的！"

这个话题就此打住。

我隔着堆放铅笔屑的报纸，和战场原相对而坐。

战场原说道："我是要去和贝木谈判。既然阿良良木拒绝接受我的保护，我只能主动出击。"

"不准用'保护'取代'绑架监禁'。"

虽说如此，我已经明白那是战场原的保护方式——如果不是月火发邮件给我，我也不想刻意抗拒。

“不然的话，要再监禁一次试试吗？”

“你不是说不会再做了吗？”

“那就好。这么说来，我后来和羽川谈过——”

“咦？羽川大人……啊，不对，羽川同学有提到我的事情吗？”

“你刚刚是不是说‘羽川大人’？”

“我、我没说。我们学校没有霸凌行为。”

“有人被霸凌？而且是你？”

总之，虽然战场原在“铜墙铁壁”表面镀上一层“体弱多病优等生”的面具，但是即使骗得过班上的同学，对羽川而言早就不代表任何意义了……

羽川对她，应该不会只是温柔以对。

虽然羽川是一位大好人，不过她只是原谅恶行，不代表她会坐视恶行不管。

“要是你以本性行动，羽川应该会在各方面告诫你吧，不过别用霸凌这种字眼，听起来好像坏话。”

“我说了，我没有说过这种事。就算每天帮羽川同学擦皮鞋，也是我发自内心的服侍。”

“为什么你对羽川就这么毕恭毕敬！”

百分之一！

至少挪出百分之一关心我吧！

“总之……你说你要去见贝木？”

“对。不用担心，我打算尽可能地用沟通来解决问题。”

“准备这么大量的铅笔，居然还讲这种话……幸好我今天来这里。不过，你知道贝木在哪里吗？”

“我有他的名片。”

战场原说着从书包里取出一张老旧的纸片。

“这是他以前给我的名片，我至今没有撕掉真是奇迹。虽然名片上头只有手机号码……不过幸好他没有换号码。”

“是吗……给我看一下。”

这张简单朴素的名片，确实只印着“贝木泥舟”这个名字、名字的平假名发音，以及手机号码。

不，还有一行。

上面印着头衔：捉鬼大师。

“战场原，我现在要说一件世界上最残忍的事情。会被这种玩意骗得团团转，其实你也有错吧？”

“就是这种陷阱。会以这种头衔自称的家伙，就不会令人觉得他真的是骗子吧？”

“是这么回事吗？”

总之，在诈骗手法里，有一种就是刻意伪装成很像诈骗——我确实听过这种说法。

故意装得很像诈骗的样子，让对方认为“可疑到这种程度，就不可能真的是骗子”。以一般状况来说，只会令对方起疑而无法成功，不过如果对方过度谨慎，反而会是很有效的手法。

“何况真要说的话，忍野先生不是也很可疑吗？贝木看起来反倒正经得多。”

“是啊，夏威夷衫和西装相比……”

这样应该说得通。

而且忍野也不是做义工，记得他曾向我开出五百万的价码。

但我不认为这是狮子大开口。

“所以，你已经打这个号码——和贝木谈过了？”

“对，那个人完全没变——令人烦躁至极。释放阿良良木之后，我可没有逍遥到哪里去——虽然被羽川同学骂过之后有点沮丧，不过也只有五个小时。”

“你居然沮丧了五个小时……”

这家伙在奇怪的地方异常神经质。

看来她真的在羽川面前抬不起头。

贝木曾经被火怜用假邮件找出来（正确来说，使用这个方法的是羽川），所以使用手机谈生意的时候，肯定会有所警戒——不过他并没有放弃手机这项工具。

考量到名片的老旧程度，战场原能够联系上贝木，简直就像是一种奇迹。

然而这个奇迹是好是坏就不得而知了。

“所以依照时间来算，你是在刚才打电话给贝木的吧？”

“就是这么回事。居然能进行一位数的心算，不愧是阿良良木，真聪明。”

“不用这么瞧不起我吧！”

“你不擅长哪方面？乘法之后都不会？”

“加减乘除我都会！”

“哦，所以我很骄傲？”

“……”

就是很骄傲！

那又怎样！

“真是的，只注意到弗莱明左手定律，却直到最近都不知道弗莱明右手定律的家伙居然在自豪，真滑稽。啊，对不起，我不小心用了笔画太多的形容词，我不应该用滑稽这两个字。”

“我确实不擅长物理和语文，但我知道自己擅长什么科目也错了吗？！”

“好好好，没错没错没错，阿良良木一点都没错，永远都是我的错！”

“确实每次都是你的错！”

“所以？阿良良木使用微积分导出结论之后想问我什么事？你是基于倒数与绝对值与根号的数学观点，才会上门找我吧？”

“你这个人有问题！”

“或许我这个人有问题，但我是个美人这没问题。”

“你不管是什么人都有问题！”

真是的。

一个不小心，就会令我质疑自己为什么会和这家伙交往。

我想想，记得是因为喜欢她？喜欢她的哪里？

“我可以一起去吗？”

总之，既然她难得愿意问我来意——我就恭敬不如从命，直截了当说道：“如果要去和贝木谈判——我也要去。”

“我可以把刚才那番话当作没听到。”

战场原的反应极为冷漠。语气比平常更加没有情绪起伏。

“真是的……这就是所谓‘饲养的狗反舔主人的手’。”

“把男朋友形容成饲养的狗也令我火大，不过最重要的，舔手只是一种示好的行径吧？”

不是反舔，是反咬才对。

居然这样瞧不起[①]我。

而且还混淆了。

“如果不想死，就给我收回前言。”

“我妹妹被贝木害了。”

我如此说着——并没有收回前言。

我现在应该做的是补充前言。

“贝木以强硬的手段，害我妹妹中了一种名为‘围猎火蜂’的莫名怪异——正受到高烧的折磨。现在我帮她承受了一半的怪异，但是即使如此，接下来的状况也难以预料。”

“阿良良木承受一半的怪异？做出这种事情不要紧吗？”

战场原面无表情。

但她担心着我的身体。

这是她偶尔展现的人性。

---

① 日文“被舔”与“被瞧不起”同字。

而且目前几乎只会对我展现，是一种附带限定条件的人性。

“以吸血鬼的治疗能力来说不要紧。不过很难断言完全没问题就是了。”

不经意间觉得身体很重——很热。

“这样啊。换句话说，就是没有退路了——何况只要和妹妹有关，阿良良木就不会退让了。”

“不仅如此。”

“嗯？”

“也和你有关。”

我笔直凝视着战场原。

“你为了我要独自和贝木对决，这简直是乱来——我说错了吗？”

“并不是只为了阿良良木，贝木是我——”

曾经抛弃珍惜事物的战场原说：“必须做个了断的事情之一。这是我不能忘记，不能置之不理的搁置事项。要是没能做个了断，我甚至无法继续向前。如果贝木没有回到这座城镇——我甚至不惜主动寻找。”

“为什么要不惜做到这种程度？”

即使慑于她的魄力，我依然如此询问。

“你……打算像这样对五个骗子一一报复？这是已经过去的事情了吧？你应该有其他必须了断的事情要做吧？”

“怎么可能。即使说有五个骗子——虽然不是学忍野先生讲话，但我不打算扮演受害者的角色。当时是我主动拜托而遭受背叛，所以我不会因此恼羞成怒，我的人格可没有那么……我的人格……不提我的人格，我不打算做出这种不合逻辑的事情。”

“……”

你承认你的人格有问题吧？

你有自知之明吧？

“不过，只有贝木是特例。”

“为什么？”

“因为爸妈离婚的导火线，就是贝木。”

战场原毫无情感地说。

如果这句话蕴藏着情绪将会是什么样的语气？不难想象。

“这当然不能全部怪到贝木身上，我也不打算这样推卸责任——不过那个人玩弄了我的家庭，我无法原谅这种事。而且要是原谅——我将不再是我。”

“……”

战场原的父母协议离婚的时间——记得是在去年底。战场原就是在那个时候，从长年住惯的家搬到这间木造公寓来的。

之后，战场原就再也没有见过母亲。

“我觉得即使没有贝木，爸爸妈妈也迟早会离婚，我的家庭早就已经支离破碎了。妈妈之所以出走——我觉得也是因为我。不过阿良良木，即使如此——你会因为结果终究相同，就原谅别人怀抱恶意玩弄自己的家庭吗？你会因为家庭破碎只是迟早的问题，就原谅别人怀抱恶意玩弄自己的家庭吗？”

“恶意——”

“恶意是我的专利。”

“不，这我就不知道了。”

贝木散布的“咒语”使得千石身边的人际关系被迫变化。

朝着正面的方向变化，抑或是朝着负面的方向变化。

既然是因为这种小事就会瓦解的人际关系，那么即使没有“咒语”也迟早会瓦解——以这种方式解释是很简单的事。

然而，我不希望把事情说得如此简单。

难道都要用这种方式解释？

注定将死的人，就可以先杀掉吗？

既然会消失，就先行抹灭吗？

虚伪之物，不应该存在吗？

是这个意思吗？

“贝木为了敛财，以我遇见的螃蟹为理由，将我的家庭毁得乱七八糟。如今他肯定做着相同的事情——”

“……”

“对我来说，阿良良木的事情真的只是次要的，或许我说想要保护阿良良木，只是冠冕堂皇的借口——我只是憎恨贝木罢了。”

“借口……”

战场原面不改色。

“别误会了，我可不是为了阿良良木这么做的——就像这样。”

“我觉得……应该不是这样。”

我如此说着。

基于某种根据，某种无可奈何的根据。

螃蟹。

战场原遇见的螃蟹。

被螃蟹附身时发生的事情。

当时的战场原，肯定连憎恨贝木泥舟都做不到。因为——螃蟹就是这一类型的怪异。

这肯定就是战场原的遗憾。

贝木泥舟——那名不祥的男子。

无法在当下憎恨他——这就是遗憾。

战场原黑仪的遗憾。

就像是阿良良木火怜与阿良良木月火，正抱持着肤浅的正义感行侠仗义——当时的战场原，无法憎恨贝木。

原本她应该生气才对——像个小孩子。

像个失去母亲的小孩子。

“不过这么一来——我只有一件事无法理解。贝木应该是虚伪的骗子吧？可是听你的说法——他好像发现了你的螃蟹？”

何况，他也能对火怜种下围猎火蜂。

这就代表贝木依然拥有货真价实的本事。

“不清楚。不过，实力比真物还强的伪物，比真物还要棘手——那个时候的我，当然认为他只是在诈骗，不过关于这件事——现在回想起来，或许他只是故意装作无能，借以从爸爸那里骗得更多的钱。”

“现在他好像也努力骗初中生的零用钱。我妹妹就是因为前去阻止才中招的。”

“是吗，原来阿良良木的妹妹也是正义超人。”

“别用正义超人这种字眼了……”

“既然是女生，就应该叫做正义女超人？”

“这种自创称号，听起来的俗气程度超过你的想象。”

“栂之木二中的火炎姐妹……总之，我也听说过这个传闻。”

“这么说来，原来你早就知道了。”

以战场原的状况，与其说她被动地听过传闻，我觉得应该是她主动收集到的情报。

“有其兄就有其妹——虽然阿良良木经常说妹妹的坏话，但我如今也可以认同了。因为正义是互不相容的。”

“那两个家伙不是正义这种气派的玩意，只是在玩正义使者的游戏——虽然我不知道自己是什么状况，但我也不认为自己是正义。我们就像是在争夺一块能够玩正义游戏的地盘。”

这只是常见的兄妹打闹。

“阿良良木，按照我的印象——正义对于贝木的不祥并不管用。讲明白一点，因为阿良良木是正义的化身，所以你在伪善面前很强，在真正的坏人面前却很弱。”

“我不是正义的化身……”

妹妹们的做法即使并非正义，也是正确的。

至于我——连正确都算不上。

即使美丽——却是错误的。

忍就是我犯错之后的——牺牲者。

我反复犯错至今，置身此处。

“但我不能坐视你成为罪犯。”

“我没有要犯罪，只是施以惩罚。”

“这两件事在现代社会同义。”

真是的。

如果这个家伙出生在神话时代，或许会成为了不起的英雄流传至今吧……她肯定生错时代了。

或者说，这个世界不应该让她诞生。

即使如此，你得以出生在这个世界与这个时代——我觉得很庆幸。

能够遇见你，真是太好了。

我如此认为。

“战场原，或许你不知情，但是我爱你。即使你成为罪犯被关进监狱，我也会每天去见你——不过既然这样，还不如可以永远和你在一起。虽然一个不小心，我就会质疑自己为什么会和你交往——但我就是喜欢你，甚至无须任何理由。”

我想要保护的事物当中，当然包括你。

“如果要去，那就一起去吧。你要保护我——我也会保护你。”

“天啊，好帅气。”

微微颤抖。

不知道是基于何种情绪——面无表情的战场原，肩膀微微颤抖。这应该是她内心的真正反应吧。

“如果我是男的，看到你这么帅气的模样，会嫉妒到发疯。”

“真恐怖！”

“幸好我是女的，可以喜欢你。”

战场原说完之后伸手把堆积如山的铅笔推倒。

“阿良良木，我明白了，我就听你的吧。”

“那么，你愿意带我去见贝木？”

“对。”

战场原点了点头。

“不过，相对的——我有一个愿望。”

“愿望？”

“如果讨厌‘愿望’这种撒娇的说法，也可以改成‘条件’——让阿良良木见到贝木的条件。要听吗？”

试探的语气。

不过，对于这种问题，答案只有一个。

“我听。而且无论是什么愿望，你说几个我都会接受。”

“我的愿望只有一个，阿良良木。”

战场原静静说道：“这次见过贝木之后——我打算做个了断。如同主人……更正，如同羽川同学剪头发一样。”

“不准在这么重要的时候讲错话。虽然不是绝对，但我没办法当作没听到。”

“我并没有被威胁！”

“你被威胁？被羽川？”

“无论何时何地，在羽川同学面前就要正坐，这是理所当然的吧？”

“无论何时何地？”

“如同羽川同学……”战场原恢复为原本的语气说道，“如同羽川同学剪了头发——如同她以这种方式挥别往事前进，我打算借由和贝木对决，与自己的往事诀别。”

往事。

战场原的过去。

是指初中时代的事情？

还是高一的事情？

还是高二的事情?

还是…… 除此之外的其他往事?

“我——也要前进。”

“……”

你早就已经面向前方了。

我原本想说这句话——不过这应该是多余的。

何况，面向前方与前进，是两回事。

“所以你的愿望是什么？我要怎么做，你才肯带我一起去?”

“现在还不能说。”

“是说不出口的愿望?”

“无论是什么愿望，你都会接受吧?”

“是的，不过……”

不过很恐怖。

并不是感到怯懦，但是这样真的很恐怖。

就像是先在空白的合约上盖章。

何况对方还是战场原!

“和贝木对决之后——无论是什么结果，到时我都会说出来。”

“那就算现在说出来也一样吧?”

“现在说出来，就没办法当成伏笔了吧?”

“居然是伏笔!”

“对。阿良良木死后，我会后悔着没能在这时候说出愿望，独自抱持着后悔的心情活下去。”

“是我可能会死的伏笔?”

“对，然后在高潮场面，我会使用一个重要的道具，那就是我生日的时候，阿良良木送我的天文望远镜。”

“能让你使用天文望远镜的事件并不存在！总之我不管什么伏笔不伏笔，现在就给我说!”

“如果你这么说，那这件事就当作没发生过。”

“……”

我只能点头。

她的交涉手法还是一样蛮横。

“知道了啦——我答应。”

“这样啊，那就一起去吧。”

战场原也点了点头。

一如往常面无表情地说道：“相互守护吧。”

019

今天早上，战场原打电话给贝木，不是以顾客的身份，而是以当年受害者的身份要求见面——说穿了就是对决。不过仔细想想，对方是否会接电话就是一场赌注。

总之，这场赌注是战场原赢了。

后续的对话也是。

至于见面时间，似乎就定在今天傍晚。贝木几乎是二话不说地接受了战场原的所有要求。

进行得如此顺利，反而令人觉得诡异。

诡异——就是不祥。

“约定的时间是下午五点。”

“这样啊——那我先回家一趟，或许可以从妹妹们那里打听到更多细节。虽然大妹还在休养，但小妹差不多该起床了。”

“是吗，那就傍晚再过来吧。”

“嗯……你千万不要擅自行动啊。”

“那当然。我至今为止说过一句谎言吗？”

你只要开口几乎都是谎言。

简直可以用测谎机演奏歌曲了。

“我不是说谎……是被谎言弄得很累。”

“因为要思考怎么说谎是吧……不过仔细想想，我完全听不懂这句话。”

被谎言弄得很累是什么意思?

既然这样就说实话吧。

“放心吧，毕竟阿良良木这次愿意实现我的愿望——虽然可能会说谎，但我会遵守约定。”

“这样啊……哎，那就好。”

“呵，这是交易。”

约定和交易，完全是两回事吧。

战场原继续说道：“何况我有点累了。”

“啊，你熬夜?”

原来这家伙熬夜削铅笔。

不，其中有五个小时，是因为被羽川骂而沮丧。

虽然表情依然像是戴着面具毫无变化，但她似乎已经很困了。

真是个完全看不出内心想法的家伙。

“阿良良木也一样，即使曾经昏迷过一段时间，不过也算熬夜吧？虽然不是绝对，但贝木可不是能以恍惚精神应付的骗子——与其向妹妹打听消息，不如在家里好好睡一觉比较好吧?”

“总之——在睡眠这方面，我算是很能撑的。这是当过吸血鬼造成的体质。”

“不过，还是给我睡。”战场原说道，“因为今晚——不一定有得睡。”

接受这种毛骨悚然的忠告之后，我踏上归途。总之，无论与贝木对决的过程中会发生什么事，事前调整好身体状况很重要。

即使会在今后留下祸根也一样。

充分准备，让自己不会后悔。

虽说如此，不过老实说，我还是想向火怜与月火打听情报——不对，比起问她们，应该再去找羽川谈一次？不然就以拿自行车为借口，去羽川家拜访一趟——但我至今已经为羽川添太多麻烦了。

不应该继续让她卷入这场事件——然而这种想法，或许只是我对于羽川的过度保护，这已经成为我的习性了。

羽川人很好，而且是无与伦比的大善人，但她绝对不会过度保护任何人——会重视每个人自己应负的责任。

何况那个家伙，太不在乎自己了。

这方面的个性，如果她能在剪短头发——决定向前迈进的时候一起改掉就好了……但是我或许没资格说这种话。

我要考大学。

我是在六月下定决心的。

高中三年级的六月——以开始准备应考的时间点来看，实在太晚了。一般来说到了这种时候，都必须做好复读一年的准备应战。

即使如此我还是能努力至今，这多亏了战场原和羽川这两位干练的家庭教师——至于她们自己的状况，成绩在全学年中名列前茅的战场原，打算就读保送的大学（顺带一提，我的第一志愿就是她保送的大学，虽然说明顺序颠倒了，不过换句话说，我就是因为想和战场原就读同一所大学才开始念书），至于全学年第一的羽川则是不想升学。

全学年第一。

不，坦白讲，是全世界屈指可数的优秀学生。

老师们寄予厚望的羽川翼——选择不考大学作为自己的出路。

现阶段知道这件事的人，只有我和神原——战场原或许从她本人口中得知了，不过至少我没走漏消息。

我哪敢走漏。

试着想象这件事公开之后的结果吧。私立直江津高中受到震撼的程度，将不是她剪头发换隐形眼镜在书包挂吊饰可以比拟——真的有可能封闭全学年，甚至做出全校停课的处置，一点都不夸张。毕竟羽川的智力，甚至号称全校学生加起来都比不上——不对，我当然知道智力并不是能用加法计算的数值，我只是想形容一下她的优秀。

我可以断言，我一辈子都不会遇见比羽川更厉害的人——不过正因为羽川如此优秀，才没有选择升学这条理所当然的道路，这是很有可能的事情。

虽然很有可能，但也太突然了。

那她不上大学要做什么？如果讲出来或许很老套吧，她似乎要去旅行。

走遍世界各地的漫长旅程。

以年为单位安排计划，这果然是优等生的作风。从旅行的路线到方式，她似乎都已经完美地规划好。

“那么，无论我有没有考上大学，等到高中毕业之后，就没办法像现在一样见到羽川了？”

刚进入暑假的时候——和羽川一起在图书馆念书的我，向她提出了这个问题。虽然装出随口提及的语气，不过听起来或许反而像是蓄意询问吧。

“没那回事喔！”

羽川如此回答。

而且露出害羞的笑容。

“只要阿良良木呼唤我，我会从世界上的任何一个角落赶回来。我和阿良良木不就是这样的交情吗？”

她如此说着。

“那么，你也在需要我的时候呼唤我吧。即使那天是考试当天，我也会赶往世界上的任何一个角落。”

“啊哈哈，这种话等考上再说吧！”

就这样我们结束了这个话题。

虽然结束话题，但如果她当初没遇见我——并且没有和怪异有所牵扯，羽川的人生或许会更不相同。我实在不得不思考这种事。

要是她没得知鬼的存在……

要是她没得知猫的存在……

她的人生，应该就不会脱轨到这种程度——毕竟她原本唯一的目的，就是依循着人生既定的轨道前进。

她——是真物。

“嗯，还是算了。”

我在抵达家门的时候做出这个结论。毕竟羽川应该已经把知道的事情全部告诉我，而且假设听得到更详细的情报，但她要是得知我会在傍晚和战场原去找贝木，或许会要求同行。

我不希望把她卷入事件。

不想波及到她。

如果要去见贝木——其实我很想自己一个人去。

战场原应该也是基于相同的想法，才想拒绝我陪她同行，但要是真是如此，我的行动就极为矛盾了。

然而，我只能接受这种矛盾。

我就是这样的人。

“哥哥！”

走进家门之后——刚好位于玄关附近的月火，像是被吓了一跳，大声喊着。

“啊……原来你醒了，早安——”

“火怜不见了！”

月火打断我的话语，放声大喊。

悲痛大喊。

“我、我刚才醒来之后，到处都找不到火怜——她的病还没好啊！”

“小月，冷静一点——”

我不由得用昵称称呼混乱的月火，搂住她的肩膀，将随时可能冲出去找火怜的她硬是转过来。

“去我房间找过吗？我刚才让她在我房间休息。”

“找过了啦！别问我这种废话！”

月火歇斯底里，仿佛随时会掉下眼泪。

“鞋、鞋子不见了——而且她好像也换过衣服了。”

“……”

我不禁觉得，帮火怜承担一半的高烧是失败的决定。虽然称不上康复——然而实际上，火怜因而得以恢复某种程度的行动能力。

她是假装闹到疲惫而睡着，看我出门之后就溜出去了。

可恶，那个麻烦的家伙！

“我跟爸爸妈妈说这是她照惯例乱跑——但我又不能说真话，哥哥，我该怎么办——”

“冷静点，知道那个家伙有可能会去哪里吗？”

“不知道……”

月火全身放松，垂头丧气，失魂落魄。

仿佛失去了一半的自己。

“我想她去找那个叫做贝木的人了…… 可是，我又不知道那个人在哪里……”

“也就是说，小怜知道贝木在哪里？”

“应该不知道，毕竟被他逃掉一次了。”

“……”

火怜。那个做事不经大脑的家伙。

这样的话，不就是连她自己都不知道要去哪里吗——那个呆子！所以她明明漫无目标，却因为静不下心，就一时冲动跑出去吗！

所以我才会说你是——伪物！

我去找她，反正她肯定跑不了太远——她不可能有这种能耐。你就回家等吧。”

“可是，我也要去找……”

我明白。

你应该是正准备出门找她的时候撞见我的。

“如果你找到小怜，你有可能反而被她说服。要是事情演变得更加复杂，我会应付不来。”

“哥哥真的一点都不相信我们。”

月火露出破涕而笑的表情。

我当然不会相信。

你们平常的行径太过分了。

换个说法是——太正确了。

“我不相信你们，我是担心你们。”

“……”

“不过！我更气你们！”

我不是一直都这么说吗！

我像是要推开月火般放开她，然后转身就走——开门走到路上，然后思考。

现在该怎么做？

要去哪里？

既然火怜自己都没有决定目的地，我也只能凭直觉到处乱找——寻找这个最棘手的失踪人口。

火怜和战场原不同，没办法直接和贝木取得联络——即使联络得上，贝木也不可能会见她。

幸好自行车借给羽川了。不然火怜肯定会擅自骑走我的自行车。骑车和徒步的行动范围完全不同——不对，如果她搭公车，那我就束手无策了。妹妹们和我不一样，可以用月票搭公车。

如果我是火怜，我会怎么做？

身体状况还很差，但自己还是有该做的事情要做，当周围人们想阻止也不能被阻止的时候——

"首先会远离自己的家——要是被找到就会被带回家，所以离家是首要条件，接下来才是问题。接下来，接下来——接下来……"

接下来，要怎么做?

话说回来，我哪知道那种笨蛋脑袋里在想什么?！她该不会只是跑去便利商店吧!

虽然我放弃这种可能性，但火怜有可能和羽川联络吗?开开心心使用刚买的手机——说不定在离家之前，就已经暗自打电话联络过了?

不，不可能。

对于请羽川帮忙的这件事，火怜与月火她们一直瞒着我，也请羽川不要透露消息，换句话说，她们对这种做法感到内疚。此外，要是在这种状况下联络羽川，羽川肯定会通知我，火怜再怎么样应该也能推测得到这种事——不过那个家伙笨得很，说不定还没想到就已经联络羽川了……

虽然我可以主动打电话给她，但她应该不会接……以 GPS 定位寻找手机位置的功能，只有家长才能使用。

但这种状况，不能找爸妈商量。

而且她也可能早就关机了。

"吵死了。"

就在我继续以毫无头绪的脑袋思考，内心完全被焦躁占据的这个时候。

忽然，影子里传出一个声音。

是从我的影子里传出的。

在我如此心想的时候，忍野忍已经站在我身旁了。

她身穿纯白连衣裙，很符合小女孩给人的感觉，但又有一股超脱现实的感觉。和她住在补习班废墟时的造型不同，连衣裙是长度及膝的款式，并没有搭配内搭裤。

雪白的双脚套着凉鞋。

这双凉鞋也是洁净雪白。

至于安全帽则是如她所说——没有戴在头上。

那头金发毫不保留地展露在外——一览无遗。

她则是以惺忪的双眼凝视着我。

“吵得令吾难以安眠。汝这位大爷明白吗？现在吾和汝这位大爷经由影子连结，要是汝这位大爷内心动摇，这份情绪会直接传达给吾，吾自己明明毫无情绪波动，内心状态却被设定在硬是得动摇的状况，老实说这种感觉糟透了。所以汝这位大爷必须为吾着想，尽可能维持稳定之情绪——然而对汝这位大爷而言，这种事应该办不到吧。”

“忍，你知道现状吗？”

“大致明白。真是的，妹妹也是冒失鲁莽，和汝这位大爷相比毫不逊色——呼啊……”

忍打了一个大大的哈欠，让我看到了她的小虎牙，吸血之牙。

“喔喔，这么说来，汝这位大爷也曾经在吾迷路时到处找吾，真怀念。”

“我可以问你是否愿意帮我吗？”

“哈哈！”

忍笑了。

“很遗憾，现在的吾不可能违抗汝这位大爷——即使主仆关系很复杂，但以实力而言，汝这位大爷在吾之上。吸血鬼之羁绊即为灵魂之羁绊，吾总是如此耳提面命吧？因此只要汝这位大爷一声命令，即使命令内容多么令吾抗拒，吾亦只有遵循一途。”

“不是命令。以我的立场无权对你下令。”

“那吾就不会听从了，蠢货。”

忍无可奈何地说。

“以现状而言，吾愿意提供协助，但由吾主动提及会有面子问题，吾才会要汝以命令语气做个表面工夫，汝为何不懂？吾于这种时间点睡眼惺忪现身，怎么想都是为了协助汝这位大爷吧？”

你也变得很会玩心机了。

活了五百年的家伙，在短短五个月之内就融入世俗人情，我觉得这都是忍野进行英才教育的成果。

那个夏威夷衫大叔，到底做了什么？

“那么，这是命令。寻找小怜的去向吧。”

“啊！讨厌讨厌，吾为何悲哀到非得听从这种下等人类的命令？不过既然以这种方式发动强权也无可奈何了，哼。真是的，汝这位大爷没有吾就一事无成，实在可爱得无可救药。哈哈！”

再度笑了两声之后，忍以拇指示意方向。

“汝之妹妹的血，和汝这位大爷的血在构造上相似，因此吾可以借由味道大致掌握位置。嗯，看来似乎离这里不远。”

020

看来果然是打算搭乘公车前往就读的学校——栂之木第二中学。阿良良木火怜位于离家最近、平常用来搭车上学的公车站，坐在候车室的长椅上。

不，是躺着。

似乎在搭车之前就用尽力气了。

现在是周日下午——在这种时段，这种偏远城镇不会有人搭公车，所以候车室里只有火怜一个人。

她身穿运动服，横躺在长椅上。

虽然躺着——但似乎没睡着，像是在调整呼吸。

相信忍的说词全力奔跑、在三分钟之内赶到这里的我简直是笨蛋——不过火怜位于候车室内部，从某方面来说算是盲点，如果不是忍告诉我，我大概也不会察觉。

要是没有考虑到对方身体虚弱，我肯定远远看到站牌没人就去其他地方找了。

“哟，强吻之狼。”

火怜虚弱地看着我——从长椅上坐起上半身。

现在的她，又是一身汗的状态。

或许是在强行鞭策身体之后，我好不容易帮她缓解的高烧又复发了。

先不提围猎火蜂的症状，以实际状况来说，她现在的体温也不适合外出。即使意识再怎么清晰——要是身体跟不上，就依然算是恍惚状态。

“回家吧。”

“少啰唆，你自己回去。”

“要是再耍赖，小心我又吻你。”

“我已经失去宝贵的东西了……哥哥，看来你没发现，现在的我已经什么都不怕了。”

“哼，实际上就难说了，你还没理解何谓真正的恐怖。”

“会体验真正恐怖的人——是哥哥。”

缓缓地，火怜站起来了。

“别阻止我。”

“要不要阻止你暂且不提……不对，我当然会阻止你，但你打算去哪里？现在的你，连对方在哪里都不知道吧？”

“我会现在开始找。我没办法静心旁观。”

火怜用手腕上的发圈，将原本任凭垂下的长发熟练绑好。

绑成一如往常的马尾。

“没办法静心旁观，那你想做什么？”

“寻找、发现，然后痛殴。”

“你是公元前的人吗？”

“以拳还牙，以拳还眼。”

“你越讲越像个笨蛋了。”

“我对此有多么不甘心，我应该说过的吧？”

“我也说过，之后就交给我吧。”

“但我没说过之后要交给哥哥。”

“别逞强了，你现在应该静养。”

“‘加油’、‘别输了’或是‘修理他’这种话连素昧平生的人都讲得出来。为什么哥哥就不会对我说？”

“我哪能说这种不负责任的话。你和我不一样，你是爸妈的希望，难得这么成材，就不要做这种超越小鬼胡闹标准的事情。大部分的事情我都可以睁只眼闭只眼，所以不要逾矩。”

“哥哥已经再度认真念书了，所以和我们没区别吧？”

“爸妈连补习班都不让我去。”

“反正哥哥比我们……”

说到这里——火怜的身体微微摇晃。

连站都站不稳了吗？

她几乎只靠意志力站着。

不——连意志力都要用尽了。

那么，是什么东西支撑着她？

使命感？倔强？尊严？还是信念？

答案是什么都与我无关。

既然她站都站不稳，我只要背她回家，把她绑在床上让她跑不掉就行了。

“谈是谈不出结果的。”

然而，火怜抢在我前面结束了话题。

“反正哥哥不会听我的话吧？”

“之后我会慢慢听你说。会坐在躺着休养的你旁边，一边削苹果一边听你说。”

“哈！”

举手握拳，微微屈膝压低重心的瞬间——

直到前一刻都不断无力摇晃的火怜身体，像是背脊插入铁条般笔挺有力。

不是迎击。

火怜向我释放的是——主动攻击的意志。

“仔细想想，好久没有和哥哥认真打一架了。”

“别高估自己了。我从来没有认真和妹妹打过。”

相对的，我没有摆出架势——不过提高了警戒。

“记得你好像升段了，是这么说吗？不过这种玩意——在现在这种场合不知道能派上多少用场。这里并不是道场，何况你现在不是处于平常状态。”

“我的状态？嗯，确实不是平常状态。”

火怜点头同意我的话。

“我现在脑袋昏昏沉沉，全身火烫，衣服简直随时都会燃烧，全身无力，好像只要踏出一步就会倒下——眼睛大概缺水吧，连哥哥的样子都看不清楚，说不定下次眨眼就再也睁不开了。”

“……”

“换句话说，我处于最佳状态。”

火怜维持着架势——缓缓向我逼近。

来到伸手可及的距离。

她不知不觉接近过来了。

“你真帅气，如果你不是我妹，我大概会爱上你。”

“如果你不是我哥，我或许就会手下留情了，但我办不到。”

火怜说完之后挥拳了。

并非大病初愈，而是大病当头的她挥出这一拳，我当然不可能看不见。我轻易闪开并且抓住她的手腕向上扭。

向上扭。

下一瞬间——我的身体浮在半空中。

“！”

甚至来不及惊讶，也发不出声音，顶多只冒出一个惊叹号——我的背就重重摔在柏油路面。

柏油路面。

对人类来说，这种路面——太硬了。

接着，我终于发出声音了。

“呃、啊——！”

“真遗憾这里不是道场，哥哥。如果是在榻榻米上面，就不会这么痛了。”

火怜如此说着。

“我没说过吗？我学习的流派，二段以上就有摔技了。”

真的？空手道居然有摔技？

在这个世界上，依然有许多我不知道并出乎我预料的事情。

这家伙动起来毫无问题吧？

“谢啦，哥哥——我清醒了。”

这句话并不是代表她洗心革面愿意认错，而是正如字面上的意思，模糊的意识完全清醒了。火怜缓缓伸展自己的身体。

“下一班公车还要等……二十分钟。哥哥，要帮你叫救护车吗？”

“开玩笑，要坐救护车的是你。”

我说完之后站了起来。

由于刚才那一摔，胸腔里的空气全部咳了出来，所以呼吸迟迟无法平复。无所谓，不需要等待呼吸平复。

看向前方吧。

看向妹妹吧。

看向——罹病的妹妹吧。

“不会吧，为什么还站得起来？明明是绝对不能在道场以外的地方使用的招式……”

“你快点被逐出师门吧。”

“不准妨碍我！”

这次的拳头，我看不到。

然而，并不是刚才那种为了施展摔技而使用的幌子，拳头本身的速度没有变化。

只不过，加入了假动作。

光是如此，给人的印象就截然不同。

第一回合，毫不留情。

第二回合，发挥全力。

“咳、唔——咕！”

再度倒在柏油路面之前，火怜的拳头打中我的身体五次，我连一招都挡不住。

这已经是连环攻击了。

“话说哥哥，‘身体火烫’这句话……不觉得听起来很下流吗？”

“并没有！”

“因为是‘身体’加上‘旅馆’吗？”①

“你是我学妹吗！”

“学妹？那是谁？”

“就我所知，最变态的家伙！”

要是神原听到应该会开心到感动吧。我放声怒骂，并且在火怜趁我倒地踢过来的时候，抓住她的脚踝——好，我的力量终究在她之上，如果是手腕就算了，但只要我抓住脚踝，她肯定没办法使用任何摔技！

---

① 日文“火烫”和“旅馆”同音。

然而有件事很重要，那就是火怜有两只脚。

火怜居然以被抓住的脚踝为基点抬起另一只脚，并且以这只脚踩踏我的侧腹。

这一脚很痛。

毕竟这是比我还高的人，以全身体重狠狠踩下来的一脚——甚至令我误以为内脏全被踩扁了。

即使如此，我还是没放开手中的脚踝——直到这种恶魔般的攻击命中我三次。

不行，光靠毅力办不到。

我现在的身体并非吸血鬼，老实说依照身体的感受，火怜的攻击比奇洛金卡达那时候还痛。

“喂，汝这位大爷。”

放开火怜脚踝的时候，地面传来了这个声音——不对，不是从地面，是从落在地面上的影子里。

换句话说，这是忍野忍的声音。

只有声音，而且似乎只有我听得到——火怜对这个声音毫无反应。

“吾没说过吗……如同内心之动摇与焦躁会直接传达给吾，汝这位大爷之痛楚，亦会不折不扣传达到吾身上。”

“麻烦再忍一下。”

我对地面如此说着。

从火怜的角度来看，我是一个会对地面讲话的危险人物——或许会以为我重伤到脑袋出了问题吧。

“只要一声令下，吾就会采取行动。”

“不要紧，我不会请你帮忙。”

“吾已经达到没有命令亦想行动的程度了。”

“这是命令，不准采取行动。”

“汝这是强人所难。”

“晚点我会摸你的头。”

摸头。

这是发誓绝对服从的仪式。

昨天会帮忍洗头发，多少也包含了这样的意义。

“这样不够，吾要求更高一级之仪式。”

“更高一级？”

“嗯，更加强烈表现忠诚心之仪式。”

拳头忽然就迎面而来。

再忍一下。

虽然我对忍这么说，但这句话的意义非常含糊，具体来说，我要请忍努力忍受下来的——首先是接下来的十记拳头。

我当然也在忍耐。

忍耐着难以忍耐的攻势，承受着难以承受的攻势。

嗯，她真的变强了。

如果是原本的我，将完全无法抗衡。

这令我不禁心想，我之前居然会傲慢地认为不小心会杀了自己的妹妹。一阵子没有和她打架，没想到她居然成长到这种程度——超乎我的预料。为什么短短几个月就进步成这样？你的师父是七龙珠里的大长老吗？你喝了超神水吗？

实际上，我绝对不是基于“对手是女性”或“对手是妹妹”这种帅气的理由甘愿挨打——但是以现状来说，我非得以这种借口才撑得下去，我甚至连反击的空当都找不到。这家伙是怎么回事？简直处于完全不同的世界设定，难道是动画原创角色？

大概是因为身体状况不太好，所以无法拿捏力道与收手时机，火怜的攻势简直永无止息。

虽然永无止息，然而，看到依然不肯倒下的我——

“适可而止吧。”

火怜暂时停止动作，如此说道。

“像这样打哥哥，我的拳头会比哥哥痛。”

“说什么蠢话，明明是我被打的身体比较痛。”

真是的。

说真的，要不是吸血鬼现象残留下来的治愈能力，我就算已经被打死也不奇怪。

“哥哥不可能赢得了我吧？”

“小怜不可能赢得了我吧？”

我感觉全身各处都在流血——这些血，就当成之后喂给忍作为赔礼的血吧。

话说，要是不以这种做法提升治愈能力，到时候我真的得住进医院。

“哥哥，要投降就趁现在。”

“你这句话也说得太晚了。”

“手会痛，所以接下来我不用手打了。”

火怜说完之后——再度发动攻势。

而且是使用扫腿。

由于预料到她接下来打算以双腿进攻，所以我向后飞退，成功避开这记扫腿——

然而无法避开接下来的追击。

她将另一只脚高高举起——用脚跟重重打下来。

简直是跆拳道的下劈腿。

你的流派太奇怪了！

“唔……”

我双手交叉高举试着防御——但体格比我好的妹妹使出这一招，我不可能以这种方式挡下来。

或许臂骨反而会被踢断。

这不是可以对外行人施展的高等踢技吧？虽然我如此心想，而且差点被这一脚的威力打倒，然而不知为何，我并没有被踢到倒下。

为什么？

她手下留情？

不对，难道是——

“哼！不错嘛，哥哥！”

虽然她这么说……

“但刚才那脚也是假动作！”

火怜刚才下劈的那只脚，这次从下方以趾尖瞄准我的下巴往上踢——可别小看我了，动作明显到这种程度的攻击不可能打得中我。如此心想的我以最小幅度的动作躲开她的趾尖，不过只以这个动作来说，火怜的目的并非攻击。

火怜就这么让另一只脚接着往上踢——让全身浮在半空中。

然后以双手手掌挺直身体，成为倒立的姿势。

“呼！”

接着，火怜——当场旋转了。

将双腿张开成直线，看起来就像竹蜻蜓。

“呃……唔！”

我勉强以手臂挡下这一招，然而我不知道这种防御到底有什么意义。与其说是防御，不如说我的手臂被当成重点破坏的部位。

宛如遭受木制球棒的重击。

火怜就这么旋转了五圈，换句话说，我的手被踢了十次。我的手已经麻痹到完全没感觉了，没想到倒立的攻击会有如此威力。

话说回来，我曾经在格斗游戏看到过这一招！

这不是空手道，是叫做卡波耶拉的巴西战舞吧！

“可、可恶——”

我忍无可忍，伸手试图抓住火怜的脚。我原本以为这种杂耍般的动作很容易失去平衡——这是我的预估错误，但我还是必须试图反击。

然而，火怜就像是在等我做出这个动作般——放低身体。

放低身体，从倒立姿势暂时躺在地面，但火怜旋转的力道没有减弱，将柏油路面当成冰面，宛如在跳霹雳舞般，以背部为支点继续旋转，而且提高转速再度踢向我的腿。这一招简直是将双脚打造成镰刀般犀利。

利用旋转。

火怜应该是因为身体状况不佳，无法完全发挥肌力，所以才会使用这种运用惯性和离心力的策略——而且这个策略似乎非常奏效。

由于我专心防御上半身，所以几乎毫无防备的小腿中招之后，我膝盖一软就往下跪——这就是火怜的目的。

她再度以手掌撑住柏油路面，恢复为倒立的姿势——

然后就这样只以手臂的力气往上弹。

混账！

不愧是平常就倒立练身体的家伙！

在我如此思考的空当，刚才当成镰刀使用的修长双脚，火怜这次当成剪刀使用，朝着我的脑袋夹了过来。火怜先以锻炼过的大腿逼近——接着立刻弯起另一只脚，将我的脑袋固定。

这只是转瞬之间的事情。

火怜在半空中张开双手当成螺旋桨使劲旋转——以这股力道带动全身，猛然扭动翻转。

这股扭力将我带离地面。

以蛮力。

使尽力气——带离。

摔、摔技？

居然用脚——用脚夹住脑袋施展摔技？

太扯了，这是不可能的——下半身在刚才已经被踢得站不稳，所以我无从抵抗火怜这个完全超乎我预料的动作——眼前的光景大幅晃动。

我的身体，再度飞到半空中。

夹着我脑袋的双脚在中途松开，我好不容易避开倒栽葱的结果（这肯定也和刚才那招一样是“不能在道场以外的地方使用的招式”）——但我当然不可能翻身着地，只能从腰部硬生生摔回地面。

一阵剧痛令我停止动作。

理所当然着地成功的火怜，则是继续对我施展攻击——曾经当成镰刀和剪刀使用的双脚，这次宛如鞭子柔韧有力。

情急之下，我捡起地上的石头扔向火怜——而且不是一颗，是一双手共两颗！

对女初中生扔石头的男生。这个人居然是我。

“烦死了！”

然而这种射击武器，火怜根本不看在眼里——朝自己身体射来的两颗石块，她光是中途修改踢腿轨道，就足以将其踢飞。

不，不是踢飞。是踢碎。

你、你的踢腿居然能在空中踢碎石头！

已经不是木制球棒，是金属球棒了！

“不管怎么样，你也锻炼得太过头了吧？你这个十二分之一的妹妹公主[①]！”

“那不就是普通的妹妹了！”

紧接着，她再度朝我的头部踢来。

很明显是一记回旋踢——而且我的脑袋，刚好位于她能轻松踢中的高度！

令人惊讶的是——并不是只有一脚而已，太离谱了。

虽然不能以如虎添翼来形容，但火怜就像是违抗地心引力的飞行物体——就这么在半空中踢出另一只脚，攻击位置同样是头部。

而且，甚至也不是只有两脚而已。

火怜只跳跃一次，就能借由旋转力道踢我的头部——三次。

---

① 日本某杂志的读者参与企划，女性角色为十二名不同特色的妹妹。

我以为自己的脑袋被踢飞了！

如果是直立状态被如此沉重的踢腿命中，我大概挨了第一脚就会二话不说昏倒，何况我是以坐在地面的状态连续被踢三脚——老实说，这真的不是闹着玩的。

或许脑浆已经被踢成豆沙了。

绝非夸张。

“你是电风扇吗——该不会只要在你面前讲话，声音就会像是跟外星人一样吧？① 你这个六分之一的双恋！②”

“我和月火又不是双胞胎！”

“原本其实是这种设定！”

“真的？”

真的。

仔细阅读至今的章节，或许找得到蛛丝马迹。

火怜旋转一圈半之后单脚着地，但她可不会在这时稍作喘息，这次她反方向旋转再度跳起，企图攻击我头部的另一侧。

不过以人体工学来说，这种动作似乎终究是过于勉强，火怜一跳起来，就像是被自己回旋踢的力道牵引而失去平衡——不对。

我错了。

这也是假动作，这也是在利用旋转的力道。

火怜顺着回旋踢的力道，在我面前完成一次漂亮的后空翻——并且踩在依然坐在地上的我肩膀上。

在我的肩膀着地。

然后就这么以我当成跳台——纵身一跃。

朝我的正上方——纵身一跃。

“这——你！”

---

① 吸入氦气会暂时令声音出现变化，而且氦气比空气密度低，暗喻火怜在空中的飘浮力。

② 日本某杂志的读者参与企划，女性角色为六对不同特色的双胞胎。

我反射性抬头往上看，映入我眼帘的是——

在空中弯曲双腿，就这么把全身体重施加在膝盖上，朝着刚才被当成跳台的我的肩膀踢下来的——火怜。

“开、开什么玩笑，要是中了这一招，我肩膀不就完蛋了——你这个五分之一的欢乐课程[①]！”

“那不是妹妹，是妈妈吧！”

说的也是。

我随口就说出来了。

不过话说回来，这部作品的主打市场真是小众。

我硬撑着疼痛的腰，手脚并用移动身体爬离现场——她的膝踢攻击位置过于集中，只要稍微移动，肯定就能闪躲这一招。

过度强大的跳跃力造成反效果了吧！

你可以试着就这么踢向柏油路面——只是小石块就算了，但你总不可能踢碎柏油路面吧！

会碎掉的反而是你的膝盖！

然而，我的视线一角捕捉到难以置信的景象。

我在千钧一发之际躲开攻击之后，火怜再度在空中扭动上半身——在仅仅五十厘米的高度，就让自己一百七十厘米的身体螺旋扭转，虽然称不上华丽，却也是以漂亮的动作着地。

和爬着逃跑的我有着天壤之别。

即使正在交战，我也不由得对于火怜这一连串的动作看得忘神——而且我的这种举动，当然只会给对方提供绝佳的攻击机会。

火怜以飞快的步法绕到我身后，迅速抓住我的手往上扭，并且以双脚固定我的手——再以她的双手绞住我的脖子。

颈部十字固定……不对，裸绞？

虽然她以双脚固定我的手臂是一种独特改良，不过这也不是空

① 日本某杂志的读者参与企划，女性角色为五位不同特色的妈妈。

手道招式，完全是柔道的招式吧！

“你学的武术，该不会其实是柔道……应该说，截拳道吗——”

“不，是空手道……这招也叫做锁喉术！”

“空手道哪有这种招式！”

大事不妙。

妹妹进入挂羊头卖狗肉的流派了。

不，事到如今，或许已经和流派完全无关了吧。

然而，这下不妙了。

即使拥有吸血鬼的治愈能力，即使能够承受殴打类型的攻击，也无法承受柔道绞技的攻击——直接攻击呼吸系统，是意外有效的战法。她最初施展的摔技，也是因为伤到我的肺部，所以需要一段时间才能恢复。

接下来我不用手打——如果这句话的意思，并不是改成以踢腿为主的战斗方式，而是改成以摔技与绞技做为基本战术，对我来说就太不利了！

“我有经验所以很清楚，如果是脖子被掐，出乎意料地可以在很舒服的状况下昏迷过去——哥哥也试一次吧！”

“居然有人掐过你的脖子！我绝对不能原谅那个家伙！”

“就是哥哥啊！”

说的也是。

除此之外，大概就是她在道场练习的时候吧。

“多年恩怨就此了断！”

“你的目的变了……”

然而，即使火怜再怎么用力——再怎么想用力掐紧我的脖子，我也完全不会觉得呼吸困难。

她的身体状况果然很差。

与瞬间爆发力量造成损伤的打击招式不同，对于现在的火怜而言，必须持续以手臂使力的绞技，她无法发挥百分之百的效果。

刚才用双脚夹住我脑袋的摔技，也是在半空中就放开我，这一点也证实了我的推测。

火怜也很快察觉自己失策了。

然而她察觉的这一瞬间，正是我的大好机会。

我抓准时机挣脱火怜的手，站起来转过身体。

朝着同样站起来的火怜胸口伸出双手。

以招式对决的话，我没有胜算，所以我想尽办法要抓住她的运动服，让战斗演变成相互扭打的混战。

“想抓哪里啊，色狼！”

然而火怜轻松避开我的手。

而且出乎意料，朝我的脸部施展头锤。

居然用头锤！

这是女生该用的招式吗?！

由于近乎反击的这一记正中鼻梁，我一瞬间神志不清——而且反射性闭上双眼，看不见火怜的身影。

火怜不可能放过这个机会。

她瞬间迅速进入我的视线死角，先是背对着我，再借由两百七十度的旋转，把全身体重加在拳头上，反手命中我的太阳穴——这家伙，居然集中攻击如此致命的部位！

脑袋受到重创。

这一拳把我打趴在柏油路面。

全身和柏油路面摩擦，我的衣服早已破烂不堪。

但我没空在意这种小事，要是没有赶快站起来，就会遭受火怜的追击——

“果然——拳头好痛。”

火怜如此说着。

大概是在重整态势，火怜和我拉开了距离。

“老实说，我不想打了。继续打下去只能算是暴力。哥哥也已经明白了吧？哥哥打不赢我的。”

“哼，说什么傻话，我放过五次打倒你的机会，你为什么没有发现？你才应该差不多要明白了，小怜打不赢我的。”

不对。单方面被修理到这种程度，无论讲出什么台词，听起来都只像是不肯服输。

会赢吗？会输吗？

能赢吗？能输吗？

“正义必胜吧？”

火怜如此说着。

虽然嘴里这么说，但应该是因为刚才做出许多激烈动作，火怜的脚步再度变得不稳——不过只要我再度采取行动，她应该又会振作起来吧。

“既然这样，也可以解释成打赢就是对的吧，哥哥？只要打倒哥哥——我就可以做我要做的事情吧？”

“这种想法很危险，与正义差远了。”

“啊？”

火怜明显露出不愉快的表情。

她原本就微微上吊的眼角变得更为锐利——瞪着我。

用力瞪着我。

“说这什么话，哥哥平常不是一直那么说吗——讲得一副很嚣张的样子。”

“是吗，我说了什么？”

“你说我和月火是正确的，可是不强——因为正义必胜，所以不能输——”

还说我们，是伪物。

“讲得那么嚣张，那么嚣张，那么嚣张！所以我为了不让自己输——”

“啊，这件事吗？”

我如此说着，走向火怜。

不对，我不行了。

无法随心所欲地行动。

或许火怜将会离开吧——我无力阻止。下一班公车也快到了。

“就是这样。你是正确的，但是不强。”

“我很强吧？至少比哥哥强。”

“这就难说了。就我看来，你很弱。”

“哥哥已经伤痕累累了，居然还说这种话？”

“力量再强也没有意义，想成为真物需要的是——坚强的意志。”

比方说，羽川最了不起的地方，在于她的意志非常坚强。

“无法原谅贝木的这份情绪，到底有哪里算是你自己的意志？你们总是为了他人而行动，为了某人而行动，其中并没有你们自己的意志。”

“不对，我们是在做我们认为正确的事情，大家的请求，只不过是促使我们行动的理由。”

“别逗我笑了。在别人身上找理由的家伙，哪有资格自称正义？把理由推给别人的话要怎么负责？你们不是正义，更不是正义使者，而是玩着正义使者游戏的小朋友。”

是虚伪之物。

绝对无法成为真物的——伪物。

“你们敌视的对象，从来都不是真正的坏人，而是饰演反派的角色——不是吗？”

“不是！明明什么都不知道，就不要乱说话！”

火怜高声怒骂。

不知何时，她放下拳头了。

“翼姐姐肯定就会明白——因为她无所不知！”

“她不是无所不知，只是刚好知道而已。”

我如此说着。

这是羽川的口头禅。

她总是挂在嘴边的话语。就像是——说给自己听的话语。

“如果没有觉悟到这么做并非自我牺牲，只是沉浸在自我满足之中——那就不准打出正义这种冠冕堂皇的口号，令人反感。”

“为他人行动有什么错？自我牺牲有什么错？我们——就算我们是虚伪的，又有什么错！怎么了，这样为哥哥添麻烦了吗？”

“你们一直为我添麻烦，不过……”

我如此说道。

我和火怜之间——已经没有距离了。

我抓住放下拳头的火怜。

“我从来没说过你们是错的。”

“……”

“如果意识到将会一辈子与自卑感共处，即使你们是伪物，和真物也没有两样吧？”

我已经几乎没有握力，虽然已经抓住火怜，却几乎使不出力气。即使火怜没有挣脱的意思，但还是要以防万一。

所以我紧抱火怜。

她的身体热到发烫。

而且即使微弱——但确实存在着意志。

没问题的。你们还小，还不懂事，还是小孩子。

所以——今后将会永无止尽地变强。

“话说在前面——我非常讨厌你们。但我总是把你们当成我的骄傲。”

“哥——哥哥。”

“小怜，你曾经说过你不甘心，我也确实听到了。不过——我比你不甘心太多了。我无法容忍那个玷污我骄傲的家伙。”

所以——

“之后就交给我吧。”

我说。

已经不需要继续交谈了。

火怜紧绷的身体，缓缓放松。

“与其说不甘心，不如说我觉得好丢脸。居然要请哥哥帮我收烂摊子。”

“你这个连自己汗水都没力气擦的家伙说这什么话？帮妹妹收烂摊子这种事，对于哥哥而言只会是一项荣耀。”

紧抱着比自己还高的火怜的身体。我试着对火怜抱以微笑。

“这次我要让你见识我帅气的一面。”

“哥哥，之后就交给你了。”

我们就像是一对感情不好的兄妹。

打了一场正确又痛快无比的架。

021

不过，接下来的进展极为干脆利落，甚至可以形容成期望落空。这是否应该视为一种幸运就暂且不提了。

“好，我明白了。我就不再诓骗初中生吧，今后我不会继续宣传‘诅咒’。阿良良木，关于那个充满活力的小妹妹——你妹的事情也不用担心，那终究只有类似安慰剂的效果，算是所谓的瞬间催眠吧——从她爱钻牛角尖的冲动个性来看，她的症状应该会比常人来得严重，不过她虚弱的身体只要三天就能康复——就像是普通的感冒。还有，战场原，关于令堂的事情，我要正式向你谢罪。从法律的角度来看，我只是和你进行讨论你家人的事情，所以没有法律可以制裁我的行径，但是既然已经对你造成伤害，我也不能对此不闻不问。所以关于之前从令尊那里拿走的钱，我会尽力归还——只不过因为几乎已经用尽，所以这方面或许得花费不少时间。”

身穿宛如丧服的西装，不祥的男性贝木泥舟如此说道。

战场原指定与贝木见面的地点——是这座城镇唯一一家百货公司的楼顶。在密室见面很麻烦，在人迹罕至的地方也很危险，所以才选择这个地方——不过这也是吸取火怜教训所拟定的对策。

七月三十日，傍晚。

后来我背着火怜回家，虽然她应该不会再溜出去了，但是为了以防万一，我还是用油性签字笔，在火怜脸上写下“只要是男生来者不拒”这种不能见人的涂鸦，然后与战场原会合。

就这样，来到了百货公司楼顶。

这里有一座小型游乐园，旁边附设一个小小的舞台。今天是星期日，所以预定会在舞台上举办一场挺有规模的英雄秀（英雄战队大战恶党那种），我们假扮成等待表演开始的观众，进行会面。

一身黑的男性，以及两名高中生。

虽然绝对不是异样的组合，却肯定引人注目——而且引人注目反而是好事。

只不过，虽然当时成功击退，但曾经碰过火怜这根钉子的贝木，是否愿意来到这种地方赴约，在我看来就是一种赌注——然而战场原似乎抱持着某种奇妙的确信。

与其说是确信，更像是信赖。

在我们抵达现场之前，贝木泥舟就已经先一步来到百货公司楼顶，并且独自喝着罐装咖啡。然而在认出我们之后——

“嗯……”

他轻呼一声，将空罐扔进垃圾桶。

“记得——我在卧烟遗孤家门口见过你。是来帮妹妹报仇吗？你是个很有男子气概的孩子，在这个时代已经很少见了。”

他以沉重的语气对我说出这番话，接着他看向战场原——

“不过战场原，你魅力尽失，变成一个平凡的女孩了。”

脸上丝毫没有笑意。

听到这番话，战场原回答：“那又怎样？”

接着她走到贝木的正前方。

面无表情。

“不想再次见到你这种人——这种说法是假的。因为如果不想见，就会连第一次都不想见。但我现在应该要刻意这么说——贝木先生，我很想见你。”

“我则是不想见你。已经成为平凡女孩的你，绝对不是我想见的对象。之前见到的你仿佛已经有所领悟，欺骗那样的你很有成就感。”

贝木毫不内疚地如此说着。

回想。

他果然会令我回想起忍野——以及奇洛金卡达。

虽然完全是不同类型的人——不过像这样再度面对面，会觉得虽然没有任何地方相似，但是有唯一一个共通之处。

他们，都抱持着某种确信。

明知故犯的特质是共通的。

同样位于认知一切、理解一切的立场。

灵活运用沉默与饶舌这两项工具。

“是因为你吧——阿良良木。你帮这个女孩解决她心中的烦恼？”

“不对。我只是——帮忙推了她一把。”

“那我也一样。”

贝木如此说着。

表情不悦——充满不祥的气息。

“只不过，我是将她推向悬崖。”

“即使是现在——你也在对初中生做相同的事情吧？从后面推

他们一把——推落深渊。”

从悬崖峭壁推落。或者是——从吊桥上推落。

“是从妹妹那里听到的吗？对，你说得没错。不过乡下初中生的零用钱真多，让我短短时间就赚了不少钱。”

旁边传来脚步声。

我知道战场原在逼近贝木——是打算进入应战状态吗？不，战场原早就已经进入应战状态了。

从抵达百货公司楼顶的那一刻开始。

或者是，从我口中听到贝木这个名字的那一刻开始。

或者是，从贝木欺骗她的那一刻开始，直到现在。

“住手，好好谈吧。”

此时，贝木阻止了战场原。

“我是为了听你们要说什么而来，你们应该也是有话要对我说，不是吗？”

“……”

然后，贝木泥舟确实仔细聆听了我们所说的话。

接着他说——好，我明白了。

他承认所有的罪过。

表示会停止所有的罪行——甚至进行补偿。

有种期望落空的感觉。

干净利落——而且以我们的立场，这是出乎期待的满分结果，然而……

这真的出乎我们的期待。

他的回复与其说让人意外，不如说让我们遗憾。

“真是干脆。”

战场原说出这种挖苦的话语——而且我也无法否认，这听起来像是她不知道该说什么，总之先说出来充场面的话语。

“你认为我们会相信你的说法？”

“你应该不会相信吧，战场原。”

贝木理所当然直接以姓氏称呼战场原。

对我也是如此。

“阿良良木，你呢？你相信我的说法吗？”

“要我相信骗子的说词比较荒唐——不过，到头来……”

我抱持着谨慎的心情继续说道：“如果完全不相信你，对话确实就无法成立。贝木，你说得对，我们是来找你谈的。”

“嗯，实在冷静，一点都不像是小孩子——换句话说就是不可爱。你妹妹做事不经大脑，所以非常可爱。从这个意义上来说，你不愧是哥哥。”

听起来并非挑衅，但也绝对不是称赞。

“至少……”

战场原以简短的两个字插入话题，停顿片刻之后继续说道：“就我看来，你并没有在反省。丝毫没有反省的样子。”

“这样啊，这么说来，我还没有说过任何谢罪与求饶的话语。两位，我错了，真的很抱歉，我极度反省，后悔不已——不，我该道歉的对象或许不是你们，我应该向令尊、向令堂，向我这次欺骗的孩子们道歉。”

“要我相信这种肤浅的道歉？你所说的一切都是谎言吧？”

“或许如此。”

贝木没有否认，而是点了点头。

沉重的语气听起来像是在生气——但我直觉认为并非如此。

这个人——肯定没有愤怒的情感。

而且，不只是愤怒。

这个人——肯定不会对他人抱持任何情感。

“然而，即使我的话语全都是谎言，那又如何？我是骗子，所以我的每句话都是谎言，这反而应该是诚实的表现吧——何况，战场原。”

“什么事？”

“只因为话不从心，就单纯认定这是欺瞒，你这种想法太轻率了。即使说出违心之论，但你为何能断定这是谎言？是言语在撒谎还是内心在撒谎？是言语虚伪还是内心虚伪？这种事情无人能够理解。”

“可以不要过度惹恼我吗？虽然我看起来如此——但我已经很努力在忍耐了。”

战场原瞬间闭上眼睛。

这段时间比眨眼来得长。

“要忍着不杀你，很难。”

“似乎如此。而且你就是在这方面变得平凡，如果是以前的你就绝对不会忍耐。”

“事到如今，我并不希望你还钱——因为我的家庭不会因而恢复。”

“这样啊，那就太好了。因为我花钱如流水，几乎没什么积蓄，差点就得为了还你钱而从事新的诈骗了。”

“给我离开这座城镇。立刻离开。”

“明白了。”

贝木干净利落地接受了这个要求。

利落得令人不自在——备感讶异。

“怎么了，阿良良木？为什么要用这种眼神看我？你不应该用这种眼神看我。即使以结果来看并不严重，但我伤害了你的妹妹，你投向我的视线，应该更加充满仇恨才对。”

“那个家伙某方面来说是自作自受，你这种人原本就惹不得，这种事即使没人告诫也应该要明白。”

“这你就错了。那个女孩错在独自前来见我——如果她想对我逼供，就应该像现在的你们一样找人助阵，那我应该就会毫不抵抗地举白旗投降——就像我现在这样。除了这一点，那个女孩大致是正确的。”

“……”

“还是说，阿良良木，你要断定那个女孩是愚蠢的，将那个女孩否定为愚蠢的家伙？”

“我觉得她是正确的。不过……”

“并不强？”

贝木抢了我的话。

就像是早就想过这种事——就像是早就把这种小事思考过一遍了。

“那个女孩确实不强。但你不应该否定她的温柔。何况……”

在这个时候，贝木泥舟第一次露出像是笑容的表情。

非常不祥，宛如乌鸦的笑容。

接着他说：“要是没有那种女孩，骗子就做不成生意了。”

“你这样的骗子……”

战场原开口了。

和我不一样，她确实以应该展现的憎恨视线投向贝木。

“为什么要对我唯命是从？像我这种角色，你用花言巧语诓骗不就行了……就和以前一样。即使是你向初中生诈财的这件事，反正也没有留下任何证据吧？”

“战场原，你对我有所误会。”

贝木如此说着，脸上已经没有笑容了。

刚才看起来像是露出笑容，或许也只是我的错觉。

“不，不是误会，应该说是高估。希望自己敌视的对象是大人物，这是很基本的想法，我并非无法理解。不过战场原，人生并没有如此戏剧化，你所敌视的我，只是个不起眼的中年人，在骗子之中也是极为渺小寒酸的家伙，原本甚至没有被你憎恨的资格。”

贝木如此说道。

“我不是你的敌人——只是一名令人头痛的邻居。难道在你眼中，我看起来像是怪异之物？”

“怎么可能。你只是平凡的——虚伪之物。”

战场原如此断言。

然而，这样的伪物折磨着战场原的心——这也是事实。

“对，你说得没错，我是伪物。即使是现在，我也满脑子思考要如何逃离你们的包围，我是个卑劣的家伙。而且要脱离这个状况的最有效办法，应该就是对你们唯命是从了。我唯一的选择就是讨好你们。”

那么，你为什么要来到这里？

他肯定没有义务回应战场原的要求。

“当然，战场原，我并不是因为对象是你，才会选择唯命是从——只要处于这种状况，我就会服从于任何人。我先把话说在前面，战场原，直到今天早上接到你的电话，我都不记得你这个人。对我来说，你的家庭只不过是我至今众多的诈骗对象之一，当时我没有从你这里学到任何教训，我费了好一番工夫才想起你。”

贝木说完之后看向战场原。

“我不是什么大人物——而且你也不是什么大人物。我的人生没有戏剧性，你的人生也没有。我再怎么赚这种小钱，以社会整体来看也是微乎其微，你即使抱持再大的决心和我对决，也不会影响到今天的天气。”

不会有戏剧性的改变。

贝木反复说着这句话，仿佛在进行开导。

“阿良良木，你呢？我想要问你，你的人生具有戏剧性吗？是悲剧？喜剧？歌剧？我一直从你的影子里——感受到一种讨厌的气息。”

“……”

“而且——你似乎帮妹妹承担了一半的被害，这并非理性之举。明明收不到钱，你居然会背负这种风险。”

他明白吗？关于忍的事情——以及我身体的事情。

既然明白的话——为什么？

"你……到底是哪一边？"

"嗯？什么意思？"

"明明自称是伪物——却令我妹妹遭遇那种状况，而且战场原的事情其实你也早就明白了吧？神原的事情也是。"

与其说他属于其中一边，不如说，两边都不是。

"你早就知道——怪异的存在吗？"

"哼，这个问题无聊得超乎想象，实在扫兴——阿良良木，打个比方吧，你相信世界上有鬼吗？"

贝木爱理不理地说。

就像是非常不想讨论这个话题。

"有些人不相信世界上有鬼却会怕鬼，你应该明白这种人的心理吧？我就是类似这种状况。虽然我不打算相信灵异事件的存在，但是灵异事件可以用来赚钱。"

"……"

"我否定怪异与变异的存在——不过世界上有人肯定，那么这样的人就很好骗，这就是我这种不学无术的骗子能混口饭吃的原因。所以我会这样回答你的问题：我不知道怪异的存在，但我知道有谁知道怪异的存在。只是如此而已。不过正确来说，我应该只是知道有谁自认知道怪异的存在——"

这次，贝木真的笑了。而且他的笑容——果然很像乌鸦。

刚才觉得看到他的笑容，果然不是我看错了。

"这个世界金钱至上，我愿意为了金钱而死。"

"讲到这种程度，已经算是信念了。"

"无论讲到哪种程度，这都是我的信念。信念是坚定不移的，至今被我欺骗的人，都没有忘记付钱作为受骗的代价，正因为他们坚信，所以才会支付对等的代价——如果怀疑自己曾经相信的事物，当然只能以虚假来形容。”

围猎火蜂——

此时，贝木忽然提到这四个字。

他向火怜使用的怪异的名字。

他宣称并不知情的怪异之名。

“你知道围猎火蜂的事？”

“是室町时代的某种怪异吧？一种不明原因的传染病，被世人解释为真相不明的怪异。据说当时有不少人因而丧命。”

“正确答案，不过是错的。”

贝木点头之后摇了摇头。

“围猎火蜂是记载于江户时代的文献《东方乱图鉴》第十五段的怪异奇谭。虽然这本文献本身就默默无闻——不过追根究底，用不着讨论围猎火蜂是否存在，《东方乱图鉴》记载的这种疾病，并没有真正在室町时代爆发过。”

“咦？”

“如果真的发生过这种事，应该会记载在各种不同的文献里——但这种传染病只有记载于《东方乱图鉴》，换句话说，这种‘不明原因的传染病’从一开始就不存在。”

“……”

“因为疾病不存在，所以也没有人因而丧命，将其解释为怪异的行为本身当然也没发生过——也就是说，这段记载是作者随兴创作的，将凭空捏造的事情写得宛如史实。”

原本——不存在。

名为怪异的原因也不存在。

名为怪异的结果也不存在。

名为怪异的经过也不存在。

全都是——伪物。

“这就是所谓的——伪史。换句话说，围猎火蜂这种怪异的起源，再怎么调查也不会是室町时代，而是江户时代。作者写下的胡言乱语，居然愚蠢地被后世信以为真。你对这样的事实有什么想法？毫无根据，未经证实——光是一个人的谎言，就能创造出这样的怪异。”

我悄悄看向自己的影子。

我不认为忍野不知道贝木所说的这件事——换句话说，忍应该也有听过这件事。不对，忍自己也说过，要将忍野滔滔不绝的闲聊全部记下来是强人所难。

何况，即使早就已经知道这件事，状况也不会有所改变。

无论围猎火蜂是否存在又源自何处，依然是围猎火蜂。

“不只是怪异奇谭，现代的都市传说也是如此，有些源自于事实，有些源自于谣言。我只是以骗子的身份以后者维生罢了。”

安慰剂效果。

瞬间催眠。

以这种方式来解释？

“关于我妹……”

“嗯？”

“就是……关于被围猎火蜂螫过的我的妹妹，真的不用进行任何处理就会痊愈？”

“那当然。围猎火蜂不存在——怪异并不存在，那么怪异造成的伤害也不应该存在，只是因为你们认为怪异是存在的，才会觉得似乎存在于那里。我就明讲吧，别要求我配合你们的观点，这样只会令我不堪其扰。”

贝木如此说着。

你有什么资格讲这种话？

这番话令我确信这个家伙，是伪物。

如战场原所说，如他自己所说。

是注定要一辈子面对自卑感的——高傲的伪物。

“何况你已经帮忙承担一半——或许不用三天就可以完全康复。虽然不知道你用了什么方法，不过你很了不起。但也仅止于此，阿良良木，你和我应该无法相容——不是水和油的程度，是火和油。”

“谁是火，谁是油？”

“慢着，我们两人好像都没有火的感觉——那就改以铷[①]和水来形容吧。以这种方式来说，我是铷。”

“我——是水？”

那么，火肯定就是用来形容——火怜与月火。

火与火。

相叠就成为——炎。

火炎姐妹。

“阿良良木，你知道将棋吗？”

“将棋？”

忽然换成这个话题，使得我完全跟不上，只能重复他的话语。

将棋？

“基本该知道的都知道……不过和现在这件事有什么关系？”

“没有关系。只是随口说说，陪我聊一下吧。战场原，你呢？你知道将棋吗？”

“不知道。”

虽然战场原简短回答，不过这只是谎言。

我不认为她不知道。反而像是很擅长的样子。

“那是一种单纯的游戏，原本没什么深度。”

贝木宛如早已看透，毫不在乎继续说道：“棋子的数量是既定的，棋子的走法是既定的，棋盘也是固定的，一切要素都受限，换句话说，可能性从一开始就局限在一个极致之内——即使想复杂也无从着手，因此以游戏来说等级很低。然而即使如此，一流的棋士

---

① 元素名，碰到水会产生剧烈化学反应。

全都是天才。庸才也应该能达到巅峰的游戏，却只有天才能达到巅峰。知道为什么吗？”

“不知道。为什么？”

“因为将棋是比赛速度的游戏。棋士对弈的时候，旁边肯定会有时钟吧？就是这么回事，因为这是有时间限制的游戏，所以规则越单纯越刺激，要如何才能缩短思考时间——说穿了，所谓的聪明就是速度。即使是多么高明的名人棋步，只要时间充足，任何人都想得出来……所以最重要的是争取时间。”

“……”

“不只是将棋，人生也是有限的，要如何缩短思考时间——换言之，如何迅速思考才是重点。我就以长者的身份，给你们两人一个忠告吧。”

“不用了，你没办法给我们什么忠告。”

虽然战场原如此回答，但贝木完全不以为意。

“别这么说，不要太钻牛角尖。以我的角度来看，沉溺于己身思考的人，和做事不经大脑的家伙一样好骗。适度思考，并且适度行动吧。这就是——你们经过这次事件应得的教训。”

他如此说着。

“手机。”

战场原一副彼此彼此的样子，没有正面回应贝木这番话，只有伸出手以手心向上如此说着。

“手机给我。”

“嗯。”

贝木听话地从西装里取出黑色手机，放在战场原的手上。战场原将这只折叠手机用力朝反方向对折破坏。

扔到水泥地上。

像是给予最后一击——踩下去。

“真过分。”

然而贝木的语气很冷静。毫无动摇。

“这只手机里，有很多今后工作的必备情报。”

“今后进行诈骗的必备情报，对吧？”

“一点都没错。但是这么一来，因为顾客通讯录报销，我就不能对初中孩子们提供事后补偿了。”

“我并没有要求你对陌生初中生们进行事后补偿。阿良良木。”

战场原斜眼瞥了我一眼。

以毫无情感的眼神。

“我现在要说一句全世界最残酷的话。”

“啊？”

“被骗的人也有错。”

战场原向贝木——向一名骗子，如此说道。

对于曾经欺骗自己的对象——如此断言。

“我不是正义使者。”

接着，战场原以非常冰冷的语气说道：“是邪恶分子的敌人。”

“……”

“何况，反正你也没办法对受害者进行事后补偿，即使想这么做，到最后也只会以更加龌龊的手法诈骗。”

“我应该会继续骗下去吧。我是骗子——补偿这两个字也是谎言。虽然你们应该不想理解——不过对我来说，赚钱手法没有好坏之分。”

“你这种个性……”

战场原说到一半停顿下来，并且没有继续说下去，只是移动身体——让路给贝木离开。

交谈到此结束。

似乎是这样的意思。

就此结束——已经结束了。

一切都结束了。

“感激不尽。我原本是抱持着没命的觉悟赴约，但我还是不喜欢疼痛。”

贝木一副纳闷的模样如此说道。

对再也不肯正眼瞧他的战场原如此说道。

“战场原，如果你有话想说，讲多少我都会洗耳恭听。长年累积至今的想法——应该不少吧？”

贝木宛如逼问般——对战场原说道：“你刚才说我这种个性……怎么样？”

“……”

“不肯回答吗？”

贝木极为失望般地道。

“战场原，你真的成长为无趣的人了。”

“……”

“以前的你即使称不上戏剧化，但也是无人能比，真的是很有诈骗价值，以骗子来说是必须呵护的素材。但现在的你真的很无聊，变得满是赘肉沉甸甸的。”

“……”

“预先播下的种子居然烂掉了。早知如此，我真希望就这么忘记你。这么一来在我模糊的记忆里，你将会永远闪耀。”

“少啰唆。”

战场原宛如呻吟般地说。

依然面无表情——却移回视线，用力瞪着贝木。

“你可以尽情数落以前的我，但是不准侮辱现在的我——阿良良木说他喜欢我，喜欢现在的我，所以我欣赏现在的我。如果有任何话语否定现在的我，我绝对不会当作没听到。”

“哎呀，原来你们是这种关系？”

对于这件事实，贝木似乎真的感到惊讶——面无表情的程度与战场原不分高下的他，打从心底露出意外的表情。

“是吗是吗，原来是这么回事。那我就不再多说了。我可不想被马踢死。[①]”

他说完之后，从我和战场原之间穿过。

背对着我们。

“如果你们认为这样就好，那我就不补偿了，因为我也不想刻意去做无法赚钱的事情。我就无声无息离开这座城镇吧，明天我就不会在这里了。战场原，这样就行吧？”

“回答我一个问题就好。”

战场原从他的身后，静静提出这个问题。

“为什么要回到这座城镇？这里是你曾经离开的地方吧？”

“我刚才说过，我已经忘记上次前来的事情了。接到你的电话，我才首度回想起自己曾经在这里工作过——只是这种程度而已。”

“只是这种程度？”

“吸血鬼。”

忽然间，贝木说出一个令我惊愕的名词。

“因为我听到一个荒唐传闻，足以称为怪异之王的吸血鬼出现在这座城镇——真要说原因的话，就是这样了。在这种地方，与灵异现象有关的手法会执行得很顺利，因为这里会成为怪异的聚集处——但我个人不相信怪异就是了。”

“……”

我再度看向自己的影子。

毫无反应。

现在还是傍晚时分，她应该在睡觉。

或者是即使听到也不作反应。

吸血鬼。

怪异之王——怪异杀手。

---

① 源自日本谚语“妨碍他人恋情会被马踢死”。

“对了，战场原。”

即使表明已经无话可说，贝木依然在最后如此说着——而且依然背对着我们没有转身。

“告诉你一个好消息吧。”

“不需要。”

“曾经想玷污你的那个人，好像被车子撞死了。在和你完全无关的地点，基于和你完全无关的原因——毫无戏剧性地就死掉了。”

贝木以不足为提的语气踏步向前，平淡地说着。

“令你烦恼的往事，就只有这种程度罢了，连诀别的价值都没有。曾经伤害你的人，不会在将来成为更大的阻碍出现在你面前，离开你身边的母亲，也不会在将来悔改并回到你身边。往事在离你而去的时候就已经结束。你应该在这次的事情上得到一个教训——不应该期待人生发生戏剧化的转折。”

“反正这也是谎言吧？”

战场原以平稳却微弱的声音好不容易回了这句话。

“今天早上才想起我的人，不可能知道曾经想强暴我的人发生什么事。我母亲的事情也是——你怎么可能知道？要挖苦也请适可而止——扰乱我的情绪有这么好玩吗？”

“怎么可能，这么做连一毛钱都赚不到。不过战场原，不要只以同一个方向解释事情——说不定，我刚才说早已忘记你的这番话才是谎言吧？”

“骗人，这是谎言。”

战场原如此说着。

她所认定的谎言——指的是哪件事？

贝木泥舟没有多加确认。

“无论是不是谎言，这个世界上本来就没有真相。别担心，你曾经爱上我的这件事并不算是花心——即使你想忠于现在的男朋友，也不要因为过于忠诚而反过来憎恨我，这样只会造成我的困扰。我再说一遍，往事终究是往事，不值得超越——甚至不值得追赶。像你这样的人，不要被无聊的想法束缚，努力和这个家伙幸福度日吧。”

永别了。

与绝对不会道别的忍野不同，贝木泥舟在最后毫无诚意、粗鲁地扔下这三个字道别——并且从我和战场原面前消失。

我。

以及战场原。

好一段时间——动弹不得。

如愿以偿。

最好的结果。

即使如此——为什么会有这种无力感?

不是败北感，而是空虚感。

很遗憾，像我这副模样——虽然不是绝对，但应该没有帅气到能让火怜爱上我。

即使如此，先不提我的懊悔。

感觉至少她的懊悔——宣泄而尽了。

这样——姑且算是及格吧。

“你曾经爱上那个家伙?”

我自己也觉得这不适合当成打破沉默的第一句话——但我实在无法不去在意这件事，所以向战场原提出这个问题。

或许这样很不像个男人。但我还是忍不住如此询问。

“这是怎样?阿良良木是在确认现任女朋友的贞节吗?”

果然，战场原回以一个尖酸刻薄的反应。

听她这么回答，我也无话可说。

虽然我没有这个意思，不过在这种场合，即使会被她如此认定，也只能甘愿承受吧。

不过战场原没有穷追不舍继续逼问。

“当然不可能。”

她如此回答。

“太离谱了，只是那个家伙自己误会，他也太看得起自己了，真恶心。”

战场原以极为冰冷的声音如此说着。

面无表情的脸上，透露出些许烦躁。

“不过——以当时的我来说，要是有人愿意提供协助，无论对方是什么样的人，在我眼中应该都像是王子吧。我无法否认曾经对那名骗子示好。”

何况，他是第一人——

她如此补充说着。

确实。

既然是比任何人都充满放弃的念头，比任何人都不肯死心的战场原——

放弃，死心。

如果是不愿放弃，不肯死心的战场原……

“我曾经说过，所以我并不打算老话重提——但如果拯救我的是阿良良木以外的人——或许我会喜欢上那个人。”

战场原不经意如此轻声说着。

并且不给我说话的空当。

“只要这么想——就令我作呕。”

她继续说道：“拯救我的人是阿良良木——我真的感到很庆幸。”

“……”

我很想说些什么，但是找不到话语，最后只能和平常一样说道：“不过以忍野的说法，是你救了你自己。”

为什么我只说得出这种话？

混账。

要是在这种时候能回以一句帅气的台词，我应该就能独当一面了。

好丢脸。

听到我这番话，战场原没有明显的回应，只是轻声说着“或许吧”并点了点头。

“看过贝木，就觉得可以体会你讨厌忍野的原因了。”

“我讨厌忍野先生，不过对于贝木——是憎恨。两者截然不同。”

战场原说完耸了耸肩。

“回去吧，太阳下山了——我甚至觉得浪费了太多时间。不过即使如此，我还是很庆幸阿良良木没有以其他方式遇见那个人。这是我的结论。”

“确实如此。”

关于这一点，战场原说得没错。

即使绑架监禁的做法太过火，但她先行采取行动真的帮了大忙——我和贝木可不是无法相容这么简单。是水火不容。

与其说是敌人——更像是天敌。

“下次遇见的时候，即使演变成厮杀场面也不奇怪。”

虽然这句话不适合说给战场原听，不过以我个人而言，我没有想太多就冒出这个唯一的想法。

这就是我们对于贝木泥舟这个人，毫不掩饰的感想。

换句话说，我在这次的事情得到一个教训——我阿良良木历，这辈子再也不可以见到贝木泥舟这个人。

“虽然没发生什么风波，不过这应该是最完美的收场了。”

“风波？你这么惟恐天下不乱？”

战场原以冰冷的语气说着。

你明明肯定也如此认为——甚至更胜于我。

“阿良良木，即使形式不同，那也是拥有信念的正义——如果有这种想法就输了，你要小心。”

“我会小心。”

“回去吧。”

战场原再度若无其事地说道。

“啊，对了，战场原，在回去之前，先把之前提到的愿望告诉我吧——不可以扔着伏笔不回收。老实说我担心得无以复加，我到底会被你怎么处置?”

“没什么，不是什么大事。用不着那个骗徒强调，这种事情或许不值得诀别，但我现在已经将往事做个了断了。我自认如此。”

“了断吗……”

这是所有人，都必须做的事情。

包括战场原、羽川——以及我。

或许，也包括忍。

“称赞我。”

“这就是当作代价的愿望?”

“不是。何况被阿良良木这种人称赞也没什么好高兴的。只不过阿良良木似乎忘了这个理所当然要履行的义务，我只是提醒你一声。”

“……”

这个家伙，真的是以铁之类的材料打造而成的吗?

“铁?这怎么可能——我是柔软又可爱的女孩，被那种男人恣意数落到这种程度，我现在内心也很受伤，甚至已经快要站不稳了。”

“骗人。你是骗子吗?”

“我是说真的。所以……”

她如此说着。

战场原—— 一如往常。

真的是一如往常面无表情，不对，虽然面无表情却带着些许怒意，她就这么以非常平稳的语气——说出她对我的愿望。

“今晚，请对我温柔一点。”

022

接下来是后续，应该说是结尾。

隔天与平常相反，是由我叫醒火怜与月火两个妹妹。她们在双层床的上层相拥而眠。人的体温是感冒特效药的这种说法，就某方面来说也是一种都市传说。

不过以怪异治怪异，以都市传说治都市传说，按照忍的说法则是以诅咒治诅咒——结果，用不着贝木所说的三天，火怜这天早上就恢复健康了。

甚至是活力充沛过头了。

大概因为平常就是健康好宝宝吧，对于火怜而言，生病令她累积了可观的压力。

“啊！”

她毫无意义地放声大喊。

你到底是在哪种道场习武？我改天去观摩一下。

这么说来，对于火怜拖着重病身体溜出家门这件事，月火发了不小的脾气。

总之，她们肯定也打了一场正确的架吧。

吃过早餐之后，我目送爸妈出门上班，然后把火怜与月火叫到我房间，大致说明昨天的事情。

贝木已经不在这座城镇了。

因此不会有其他人受害。

我说了这两件事。

关于怪异本身，我相当烦恼是否该说出来，不过这次我决定闭口不提。火怜受到的状况，只要用安慰剂效果与瞬间催眠就足以说明，而且要是这时候就讲到忍的事情会很棘手。间接来说，忍将会因此被火怜修理一顿，现在绝对不是介绍她们认识的好时机。

不过，不久之后应该就会介绍吧。

我抱持着这种不可思议的确信。

要我对她们两人保密——我肯定办不到。

七月三十一日，星期一——由于是单数日，所以今天的家庭教师是羽川。羽川会对前天的临时取消做出何种补偿，我内心抱持着期待——不过就某方面来说，也抱持着恐惧。

这么说来，今天得请羽川还我自行车才行。我思考着这样的事情，并准备前往图书馆的时候。

“哥哥，我要出去一下。”

“哥哥，我要出去很久。”

火怜与月火如此说着，和我擦身而过。

火怜穿着学校运动服，月火穿着学校制服。

“你们要去哪里？”

“即使骗子走了，‘咒语’也不会立刻消失吧？恶化的人际关系并不会因而恢复吧？只是不会有更多人受害，但至今受害的人并没有得救吧？”

火怜一边穿鞋一边说。

月火已经先到门外了。

“是没错啦，他也说手机坏了，所以没办法进行事后补偿——但我觉得他根本没这个打算就是了。”

“嗯，所以这种收拾善后的工作，也是我们想做的事情。”

月火以爽朗的笑容如此断言。

“正义使者的游戏也该适可而止了。”

我一如往常地说。

“哥哥，这不是游戏，我们是正义使者。”

“哥哥，我们不是正义使者，我们就是正义。”

“我们出门了！”

随着丝毫没有学到教训的这番话，我的骄傲——

我引以为傲的妹妹们——

因为是伪物，所以肯定最近似真物的她们——

火炎姐妹宛如点燃的烟火，华丽出击。

后记

最近忽然有一种想法，人类绝对不是只有一种层面，应该是多元的生物，正因如此而极为错综复杂分歧无数，同一个人在自己眼中与他人眼中的形象，简直就像是不同的人，这种状况实在令人困扰。不，进一步来说，连自己所理解的自己，也和他人所理解的自己完全不同吧。而且他人眼中的自己也没有统一的形象，而是各人抱持着各人的看法，所以各人眼中的自己肯定都是不同人。这种场合的“不同人”已经等同于“他人”了，所以也难怪年轻人会觉得“那我自己到底是什么样的存在？”而展开探索自我的旅程。如果只以误解来解释或许很简单，但是不同人会使用不同看法是理所当然的事情，我们不可能完全否认这种现象。某人眼中的伪物是某人眼中的真物，某人眼中的真物是某人眼中的伪物，这种事在宇宙中稀松平常，仔细想想，到头来把如此普遍的事情拿到台面上讨论，或许就是一种错误。而且真要说的话，人类这种生物会因为对象不同而改变态度，所以不同对象会做出不同评价是理所当然的事情，那么能够对自己做出最正确评价的人，或许还是只有自己。不过所谓的“理解自己”，包含了“自知之明”的意思吧？

就这样，《化物语》的后传《伪物语》，首先为各位呈献上集。在本传《化物语》或前传《伤物语》引发小部分讨论的阿良良木姐妹，在众所期待之下终于登场了。接下来要说一段不为人知的秘密，原本这部小说不会见光，实际上即使作者已经写完，也一直瞒着所有人好一阵子，打算就这么不予付梓埋葬于黑暗之中。换句话说，我企图独占这部小说，因为本书是我用百分之两百的兴趣写出来的作品。没有奇怪的制约或限制，打从心底自由撰写小说，可说是非常快乐的一件事。或许有人会怀疑“职业作家可以这么做吗?”不过以正面意义来说，我个人希望永远保有这种业余精神。

负责插画的 VOFAN 老师再度为本书增色许多，老师绘制的阿良良木火怜实在是出色迷人，身为作者只能由衷表达我内心最诚挚的感谢。愿意配合我的任性，让我写出这种充满愚蠢斗嘴作品的各位读者，我同样由衷表达谢意。

那么就在未来的某一天，在另一部后传《伪物语 下》中阿良良木月火的故事里再会吧——不过得等到我哪天愿意公开才行。

西尾维新